花暦 居酒屋ぜんや

坂井希久子

角川春樹事務所

目次

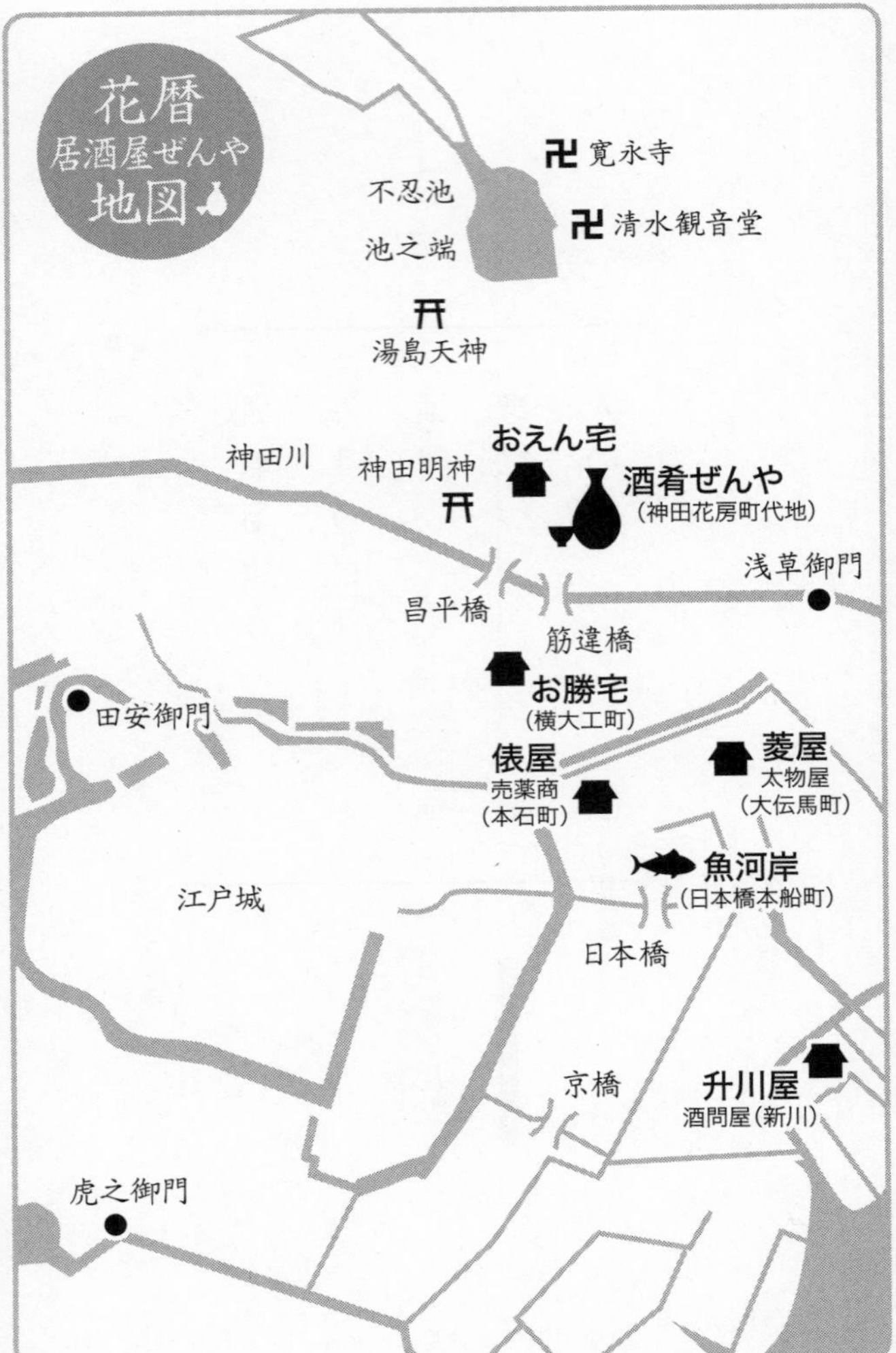

花暦 居酒屋ぜんや 地図

寛永寺
不忍池
清水観音堂
池之端
湯島天神
おえん宅
神田川
神田明神
酒肴ぜんや
（神田花房町代地）
浅草御門
昌平橋
筋違橋
お勝宅
（横大工町）
田安御門
俵屋
売薬商
（本石町）
菱屋
太物屋
（大伝馬町）
魚河岸
（日本橋本船町）
江戸城
日本橋
京橋
升川屋
酒問屋（新川）
虎之御門

萩の餅
花暦　居酒屋ぜんや

〈主な登場人物紹介〉

お花(はな)……只次郎・お妙夫婦に引き取られた娘。鼻が利く。

熊吉(くまきち)……本石町にある薬種問屋・俵屋に奉公している。ルリオの子・ヒビキを飼っている。

只次郎(ただじろう)……小十人番士の旗本の次男坊から町人となる。鶯が美声を放つよう飼育するのが得意で、鶯指南と商い指南の謝礼で稼いでいる。

お妙(たえ)……居酒屋「ぜんや」を切り盛りする別嬪女将。

お勝(かつ)……お妙の前の良人・善助の姉。「ぜんや」を手伝う。十歳で両親を亡くしたお妙を預かった。

おかや……「ぜんや」の裏長屋に住むおかみ連中の一人おえんの娘。父は左官。

「ぜんや」の馴染み客

菱屋のご隠居(ひしや)……大伝馬町にある太物屋の隠居。只次郎の養父となった。

升川屋喜兵衛(ますかわやきへえ)……新川沿いに蔵を構える酒問屋の主人。妻・お志乃は灘の造り酒屋の娘。息子は千寿。

俵屋の主人(たわらや)……本石町にある薬種問屋の主人。

荒れもよう

一

なんだって、こんなことになっちまったんだ。

心の臓が、うるさいくらいに鼓動しているせいか、右上の歯までズキズキと疼く。その痛みがだんだん、こめかみにまで広がってきた。

顔の右側面を押さえながら、熊吉は閉じ込められておろおろしている女を見遣る。女中のおたえである。閉じられた戸の向こう側では「早くしやがれ！」と幾人かの男たちが騒いでいたが、やがて走り去る足音と共に静かになった。

「えっ、なに。どうして？」

おたえが震える手で引き戸に縋りつく。しかし、開かない。金槌を使う音が聞こえたから、ご丁寧にも釘で打ちつけて行ったのだろう。

「ちくしょう」

小さく悪態をつき、熊吉は顔をしかめる。

なにかがおかしいと感じたのは、手持ちの薬を飲んでしばらく経ったころだった。

近ごろは腹具合があまりよろしくなく、薬売りから買い求めた反魂丹を常用していた。今日も寝る前にと、井戸端でひと粒飲み下し、奉公人用の長屋に戻ってきたのだ。同室の小僧たちは、勉強のため他の部屋に詰めていて留守だった。読み書き算盤にはじまり生薬の名前や処方まで、俵屋では覚えることが山とある。寝る間際まで努めるのは、いつものことだった。

押し入れを開けて布団を敷き、寝支度に入っていると、急に動悸がしはじめた。激しく動いたわけでもないのにと訝るうちに、体がほてって汗が噴き出した。

反魂丹で、こんな反応は出たことがない。

しまった、薬をすり替えられたか。

薬袋は買ったまま、柳行李の中に入れていた。部屋は外から鍵がかかるわけではないし、俵屋の者なら誰でも出入りができる。昼間のうちに、中身を入れ替えられたのだ。

毒かもしれないと危ぶんで、薬袋の中を検める。黒々とした丸薬は、反魂丹と見分けがつかない。全身を巡る血がしだいに体の中央に集まってきて、熊吉は悟った。

まさか、龍気養生丹か。

旦那様がいくつも作っている試作を、こっそり盗み出してきたに違いない。

そう見当をつけると同時に、部屋の入り口の戸が開いた。小僧たちが戻ってきたのかと思いきや、そこに立っていたのはおたえだった。

「あの――」と切り出しかけて、もじもじしている。次の瞬間おたえは何者かに後ろから突き飛ばされ、部屋の中へとよろめいた。

おたえの背後で、戸がぴしゃりと閉められる。あとはご覧のとおりというわけだ。

あいつら、馬鹿じゃねぇのか。

よろめくおたえの後ろに見えた顔や、閉まった戸の向こうから聞こえた声。間違いなく手代頭(てだいがしら)の留吉(とめきち)と、その取り巻きだ。これだけ大騒ぎをしても隣り合った部屋から誰も出てこないのは、彼らが押しとどめているせいだろう。

龍気養生丹を飲ませて女と二人っきりにさせりゃ、我を忘れてむしゃぶりつくとでも思ったのかよ。

そんな薬を流通させたら、江戸の町は大混乱である。馬鹿馬鹿しいと苦笑いし、熊吉は荒い息を吐く。

「熊吉さん、具合でも?」

戸惑(とまど)いつつも、おたえは熊吉の様子がおかしいと気づいたようだ。下駄(げた)を脱(ぬ)ぎ、六畳間に上がってくる。相変わらず着物の合わせが緩く胸乳がたっぷりと見えていて、前屈みになるとそこに視線が吸い寄せられた。

「いや、いいからちょっと離れてな」

「でも――」

「夜も遅いからよ。な？」

おたえが身を引き、熊吉はほっとひと息つく。なるほど、これは危うい。むしゃぶりつきはしないが、若干怪しい気持ちにはなる。

まぁ、頭が痛くてそれどころじゃねぇけどな。

「それで、なんでこんなことになってんだ？」

「さぁ。私にも、なにがなんだか」

「ここに訪ねてきたのは？」

「留吉さんが、熊吉さんが呼んでいるって」

間違いない、やっぱり留吉が仕組んだことだ。なんて幼稚なと、まんまとおびき出されてきたおたえにまで腹が立った。

「呼ぶわけねぇだろ。今何刻だと思ってんだ」

「ごめんなさい」

宵五つ（午後八時）はとうに過ぎ、そろそろ四つ（午後十時）に近いはず。おたえとの間になにごともなくとも、このままのんびりしていてはあらぬ疑いを生んでしまう。留吉の狙いはそこかもしれない。住み込みの奉公人同士が、男と女の仲になるのは御法度だ。

「しょうがねぇな」

頭がひどく痛む。こめかみの血管が膨張して、どくどくと脈打つようだ。熊吉はため息をついて立ち上がり、土間に下りた。

「でもあの、戸が開かなくて」

「なぁに、たいしたこたねぇよ」

釘で打ちつけられたとしても、あの短い間なら一、二本が関の山。旦那様と若旦那には、後で詫びよう。

熊吉は振り上げた足を、まっすぐに蹴り出した。板戸がみしりと音を立てる。二、三回繰り返すと、戸が外れて隙間が開いた。釘が抜けたようである。

その隙間を押し広げ、外に出た。「ひっ」という、短い悲鳴が聞こえてくる。首を巡らせてみれば、走り去ったものと思っていた留吉が隣の部屋からでこっぱちの頭を覗かせていた。

「ああ、留吉さん。やってくれましたねぇ」

　このときを、待っていたのだ。熊吉は微笑みすら浮かべて、大股に歩み寄る。留吉は捕まる前に、部屋から走りだそうとした。

「お待ちください！」

　その着物を、後ろから摑んで引き留めた者がいる。小柄な体で、必死に食らいついている。お蔭で熊吉は難なく追いついて、留吉の衿首をむんずと摑んだ。

「長吉、ありがとよ」

　礼を言うと気のいい同輩は、照れたように笑って見せた。

「しかしまぁ、災難だったね」

　前をゆく背中が、労いの言葉をかけてくる。

　身丈がどれだけ大きくなっても、決して追いつけぬと思う背中である。

「夜遅くに騒いで、すみませんでした」と、熊吉はあらためて己の主人に詫びた。

　寛政十一年（一七九九）文月六日、騒動から一夜明けた昼過ぎである。

　留吉のことはあのまま母屋まで引きずってゆき、旦那様に突き出した。すでに寝入ったところを起こしてしまったのは申し訳なかったが、朝を待つうちに留吉が俵屋から出奔しないともかぎらなかった。

旦那様は少しも動じないばかりか、熊吉と真っ青になって震えている留吉を見比べて、「龍気養生丹の数が足りないと思ったら、そうきましたか」と意地の悪い笑みを浮かべたものである。

薬の数に気づいていたなら、こっそり教えておいてほしかった。龍気養生丹絡みでなにかしらの騒動が起こるであろうことは、あらかじめ見越していたのだから。

すべては薬箪笥の抽斗の中身を入れ替えて、熊吉を陥れようとした下手人をあぶり出すため。龍気養生丹が出来上がった暁には熊吉が大出世するらしいという噂をわざと流し、そのように振る舞ってきた。熊吉を嫌っている者の妬心を煽り、なりふり構わぬようになったところを押さえてみせる。そう宣言して、旦那様にも協力を仰いでいた。

そして、そのとおりになったというわけなのだが。

「私はまた薬をよその店に横流ししてでも、お前の出世を止める気なのかと思ったんだけどねぇ」

「いやいや旦那様、笑っている場合じゃないでしょう」

そんなことになったら、俵屋の新たな試みは頓挫する。留吉がそこまでのことをしなかったのは、小僧のころから育ててもらった俵屋に対する恩義のためであろう。

だから留吉は手代頭の役を解かれ、しばらくは薪割りや風呂焚きといった下男の仕事に甘んずることとなったが、追い出されることなくまだ俵屋にいる。その取り巻きだった三人も、向こう半年は給金の出ないただ働き。加えて今月十六日の藪入りの休暇もなしとなった。

「しかしお前は、こんな甘い仕置きでよかったのかい？」

旦那様が、肩越しに振り返って問うてくる。

熊吉は「ええ」と頷いた。

「お店に損が出なかったなら、厳罰は求めません」

「損なら出ましたよ。お前が破った板戸がね」

「それは、申し訳ございません」

破ったというのは大袈裟だ。少しひびが入って、歪んだだけ。戸としてはもう役に立たないので、留吉が朝一番に割って焚きつけにしていた。

「普通ならその分の金はお前の給金から引くところだが、まぁよかろう。血気盛んな若者が龍気養生丹を飲んだらどうなるか、見証ができたからね」

薬のお蔭でこっちは大変な目に遭ったというのに、旦那様はほくほく顔だ。「勘弁してくださいよ」と熊吉は天を仰いだ。

昨夜は留吉を突き出した後も頭痛と動悸が治まらず、血流を抑えるため井戸端で嫌になるほど水を浴びた。それでも痛みは去らなくて、長吉が濡れ手拭いを首元や腋に当ててくれたものである。

今もまだ、右の歯の痛みだけは残っている。歯というか、歯茎の奥が疼くのだ。昼までの得意先回りは、しかめっ面になりそうなのをどうにか堪えて笑顔を作らねばならなかった。

「お前が飲んだのは廉価版じゃないほうだから、効きすぎたんだろう。気力体力が充実した若者は飲まぬようにと、但し書きを入れておかないとね」

自分と同じ目に遭う若者が出ないよう、ぜひそう願いたい。熊吉は「なにとぞ」と応じた。

「ところで一つ聞きたいんだが、もうしばらくはお前を重用するふりを続けろというんだね？」

旦那様が歩みを緩め、昨夜のうちに耳打ちしておいたことの意図を尋ねてくる。

留吉はしどろもどろながら、杏仁を桃仁の抽斗に混ぜたことも白状した。下手人は見つかったのだから、もう芝居はやめてもよさそうなものだ。

しかし熊吉は、「念のためです」とぼやかした。

「分かりました」と、旦那様も深く追及はしなかった。

今朝も奉公人たちが見ている前で、「昼までには戻ってきなさい。昨夜は大変だったろうから、昼飯を馳走してやろう」と誘ってくれた。それもまた、熊吉の意図を汲んでのことだったのだろう。

旦那様につき従って神田川を越え、御成街道を北へとゆく。明日は七夕とて、なんだか空が賑やかだ。どの家でも青竹を長い竿に結びつけて、隣に負けじと屋上高く立て上げている。飾りの短冊や酸漿、紙で作った吹き流しなどが風に揺れてさらさらと翻り、あるいは千切れて舞っている。

その行方を目で追っていたら、旦那様が一軒の家の前で足を止めた。

「さ、着きましたよ」

昼飯を馳走してやると言うから、いったいなにを食わせてくれるのかと思ったら。

見慣れた家の佇まいに、熊吉は苦笑する。

「『ぜんや』じゃないですか」

「だってお前、腹具合がよくないんでしょう」

体に不調があるときは、お妙の飯だ。腹が下っていても詰まっていても、具合がよくなるから不思議である。

「まったく俵屋の手代が、薬売りからこっそり反魂丹なんか買ってるんじゃありませんよ。薬が入り用なら、私に言いなさい」

旦那様がフンと鼻を鳴らし、『ぜんや』の中に入ってゆく。

もしかして、体調を気遣ってくれたのだろうか。

口では「すみません」と謝りつつも、熊吉は胸の中に温かいものが広がるのを感じていた。

二

鰯(いわし)の梅煮、五目豆、出汁(だし)巻き卵、烏賊(いか)と若布(わかめ)の胡麻和(ごまあ)え、胡瓜(きゅうり)の醤油(しょうゆ)漬け。

夏の疲れが溜(た)まってきた身に、ほっとするような献立(こんだて)が折敷(おしき)に並ぶ。鰯は骨ごとほぐれるくらい柔らかく煮られ、食い気がなくても梅の酸味でどんどん箸(はし)が進んでしまう。出汁巻き卵には豆腐を潰(つぶ)したのが練り込まれており、口当たりがふわふわとしていくらでも喉(のど)を通った。

「はい、どうぞ」

この後まだ仕事があるので、酒は飲めない。給仕のお勝(かつ)が炊きたての飯と汁を熊吉の分だけ運んでくる。熊吉は素知らぬ顔で盃を傾ける旦那様に、恨めしげな目を向けた。

店内には昼餉を終えた魚河岸の男たちが居残っており、賑々しい。皆昼酒に頬をほころばせ、軽口を叩き合っている。いいご身分である。

「なぁ、俵屋さん。こないだもらった薬なんだけどよ」

小上がりで飯を食べていると、床几に座っていた仲買人の「マル」が気軽に話しかけてきた。

「ありゃあいいな。夜だけじゃなく、なんか今日は仕事に行きたくねぇなってときでもよ、飲むとしゃっきりするんだよ」

「そうですか。ではまたお持ちしますよ。薬袋の数字はなんでした？」

「壱って書いてあったかな」

「じゃあ、次は弐と参を。飲み比べてみて、違いを教えてください」

「俵屋さん、俺にも頼むぜ」と、同業の「カク」も手を挙げる。

「なんだい、なんの話だい？」

別の男も割り込んできたので、誤解がないよう熊吉が事情を説明した。精力剤である龍気養生丹の試し薬を何種類か作り、多くの人に飲んでもらって感想を集めている。

そう告げるとあちこちから、「俺も」「俺にもおくれ」と声が上がった。

「分かりました、皆さんの分もお持ちしましょう。ただ、ちょっと待ってください。今は試し薬をあまり作れないんです」

旦那様がそう言うと、酒のお代わりを運んでいたお妙が「あら」とこちらに顔を向けた。

「どうかなさったんですか」

「今は暑さ負けの人が多くて、人参がよく出ますのでね。足りなくなるからしばらく薬作りは遠慮してくれと、息子に止められておりまして」

「まぁ大変」

旦那様は生薬の数を減らした廉価版の龍気養生丹でも、人参は外さないと決めたらしい。だが今の季節によく出る補中益気湯や白虎加人参湯といった暑さ負けに用いられる薬には、必ず人参が含まれている。

貴重な人参は朝鮮から、長崎を経て江戸に運ばれてくる。足りなくなったからといってすぐに仕入れられるものではないので、若旦那から薬の試作を禁じられてしまったというわけだ。

「今月の末には荷が届きますから、それから大急ぎで作りますよ」

「そういうことなら、べつに急がねぇよ」

「ああ、無理はいけねぇ」

魚河岸の男たちにそう言われても、旦那様はきっと夜を徹して薬作りに励んでしまうのだろう。長年取り扱いたいと思ってきた龍気養生丹を作るのが楽しく、また早く流通させたくてうずうずしているのである。

体だけは壊さないよう、気をつけて見とかねぇとな。奉公人としては、夢中になってしまう主人が心配でもあった。

「まったく暑さ負けなんて、日頃の不養生のせいなんですから。江戸中の人に、お妙さんの料理を配って回りたいくらいですよ」

薬作りに根を詰めすぎて先月体調を崩した当人が、己を棚に上げてぷりぷりと怒っている。折敷に並ぶ料理を指して、「ほら」と訴えた。

「鰯も梅干しも、卵も烏賊も若布も、ここに並んでいるのはみんな暑さ負けを防ぐ食べ物ばかりですよ。実によく考えられています」

他にも熊吉が啜っている吸い物には、擂った山芋が入っている。匙で掬って落としたのか、団子状になっていた。お妙に聞けば山芋に片栗粉を混ぜておくのがコツのようで、もちもちとしてたいそう旨い。粘り気のある山芋も、夏の疲れにいいとされる食べ物だ。

「ありがとうございます。でも江戸中の人に配るとなると、手が足りませんね」

お妙はうふふと笑って、旦那様の愚痴を受け流す。

「ああ、でも烏賊と若布の和え物は、お花ちゃんが作ってくれたんですよ」

「おやまぁ、そうだったんですか」

名を呼ばれ、煙草盆の灰の始末をしていたお花が照れたように顔を上げた。

「うん。烏賊の皮を剝くのが、ちょっとむつかしかった」

近ごろお花は、お妙から料理を教わるようになったそうだ。この子が養い親の役に立ちたいと切実に願っていたことを知っているから、一歩前に進めてよかったと思う。

熊吉は、擂り胡麻の衣で和えられた烏賊と若布の小鉢に目を落とす。茹でた烏賊はいかにも歯応えがありそうで避けていたが、そう言われては食べぬわけにいかない。

まぁ、左の歯で嚙めば大丈夫かな。

小鉢を手に取り、烏賊と若布を一緒に口に放り込んだ。胡麻の風味と共に、爽やかな香りが弾ける。熊吉は特に意識もせず、「あ、旨ぇ」と呟いていた。

「本当に？」

お花が目を輝かす。お世辞抜きに、旨かった。

「ああ。この香りはなんだ、柚子（ゆず）か？」

「そう、青柚子」

冬に採れる黄色い柚子とは違い、青柚子の風味は若々しくてさっぱりしている。淡泊な茹で烏賊には、黄柚子よりこちらのほうが合う。

「青柚子は、お花ちゃんが思いついて入れたのよ」

「へぇ、たいしたもんだ」

熊吉は素直に感心する。においに聡（さと）いお花は、料理を舌よりも鼻で味わっているのかもしれない。

「それに、案外硬くない」

「烏賊は、切ってから茹でると硬くなるの。だから胴のままで、茹ですぎないようにするの」

それはお妙の手ほどきによるものだろうに、お花はまるで自分の手柄のように胸を張ってみせる。そんな様子も微笑ましい。

「うん、これは本当に旨い。お花ちゃんがいれば『ぜんや』も安泰ですね」

旦那様の大袈裟な褒（ほ）め言葉は、お花にはこそばゆかったようだ。「うふふ」と、身をよじるようにして笑っている。先日渡した軟膏（なんこう）が効（き）いたのか、額の面皰（にきび）が小さくなっており、顔つきが晴れやかである。

「そうだ、熊ちゃん。藪入りにはまた、帰ってくるんでしょう」

「ああ、そのつもりだ」

「なにか、食べたいものはある？ 蓮餅？」

お花が熊吉の好物を挙げる。擂った蓮根を俵形にまとめて油で揚げ、餡をかけた料理である。

「なんだ、作ってくれるのか？」

「うん。今から教わっとく」

珍しく、張りきっている。周りの大人は皆、眩しそうに目を細めてお花を見ていた。

「ああ、楽しみにしとくよ」

そう答えて熊吉は、烏賊と若布をもうひと口食べた。

少し青くて清らかで、なんだかお花らしい味だった。

三

久しぶりに旨いものを腹一杯食べたお蔭か、午後の得意先回りではさほど体が疲れなかった。

歯の痛みももう、顔をしかめるほどではない。最後の一軒の用聞きをして、日暮れ前には帰路についていた。

「あっ」

よく見知った顔に出くわしたのは、その道中のことだった。あちらも熊吉に気づき、目を泳がせる。昨夜の騒動に加わった年嵩の手代のうちの、一人だった。

「どうも」

どれだけ気まずくても、向かうのは同じ本石町の店である。避けるのも変だと熊吉から挨拶をすると、あちらも観念したように「ああ」と応じた。

相手より、わざと一歩遅れて歩いてゆく。旦那様より身丈はあるのに、あまり大きく見えない背中だ。こちらの出方を窺って、びくびくしている。

オイラが奉公に上がったばかりのころは、この人も優しかったのになぁ。

根っから悪い人ではない。ただ声の大きい者に、流されやすい性質なのだ。だからって、やったことが帳消しになるわけじゃないけれど。

そんなことを考えていたら、手代が歩を緩めて「あのっ」と上擦った声で呼びかけてきた。

「昨日は、すまなかった。俺、留吉さんに逆らえなくって」

そうだっけ。熊吉は胸の内に秘めていた記憶を掘り起こしてみる。けっこう楽しそうに、嫌がらせをしていた気もするけれど。

でも過ぎたことを、今さら責めてもしょうがない。

「べつにもう、いいですよ。旦那様から、処分も下ったことだから」

奉公人の一人にすぎない熊吉に、手代たちを裁く権利はない。首を振ってみせると、相手はほっと息をついた。

「次の手代頭は、お前さんになるのかい？」

「なぜそう思うんです」

「だってほら、新しい薬を任されるんだろう」

いくらなんでも、今年手代に上がったばかりの熊吉がそこまで出世するはずがない。おもねるような笑みを浮かべる相手にうんざりして、熊吉は否定も肯定もせず話題を変えた。

「そんなことより、なんだってあんなお粗末なことをしたんです。おたえさんまで巻き込んで」

「そうだよなぁ。あれはたしか世間話のついでに、龍気養生丹ってのはどのくらい効き目があるんだろうって話になって——」

「それで？」

「女と二人っきりにされても、我慢(がまん)できるんだろうかって言いだすからさ」

「留吉さんが？」

　そう尋ねると年嵩の手代は少し考えて、「あれ、誰だっけ」と首を捻(ひね)った。


　小僧たちが三人、井戸端にしゃがみ込み、薬研(やげん)を洗っている。

　店に戻り、便所を使おうと裏に回った熊吉は、懐かしさにふと足を止めた。

「五苓散(ごれいさん)！」

「沢瀉(たくしゃ)、猪苓(ちょれい)、ええっとそれから、蒼朮(そうじゅつ)、茯苓(ぶくりょう)、桂皮(けいひ)！」

「効能は？」

「体内の水の巡りをよくして、余分な水を取り除く！」

　山へと帰ってゆく烏(からす)が、カアカアと鳴いている。仕事中ではあるが、口が自由になるひとときだ。熊吉が小僧だったときもそうしていたように、仲のいい者同士で問題を出し合っている。

　懐かしいったって、まだ一年も経(た)っちゃいないんだけどな。

あのころに比べると、やけに遠くに来てしまったような心地がする。熊吉はもう、あの輪の中には戻れない。

「じゃあ、牛膝散！」

「ゴシツ、ってなんだっけ」

「ほら、牛の膝って書くあれだよ」

「ああ、牛膝、桂皮、芍薬、桃仁、当帰、牡丹皮、延胡索、木香。瘀血による血の道の病に用いる薬だ！」

たしかに牛の膝とは書くが、これは動物由来の生薬ではない。日向猪子槌という草の根を乾かしたものである。効用は小僧の言うとおりだが、この生薬には一つ、注意しなければいけない点があった。

「あと流産の恐れがあるから、妊婦に飲ませるのは御法度！」

正解だ。小僧たちのうち一人は長吉で、「よく覚えたな」と褒めてやっている。

熊吉が歩を進めると、足音に気づいて三人同時に振り返った。

「あっ、お帰りなさい熊吉さん」

「昨夜はすみませんでした。オイラたち、留吉さんに決して外へ出るなと止められちまって」

手代頭に命じられたなら、小僧たちは逆らえない。それをよく知っているから、熊吉は鷹揚に笑った。

「なぁに、もういいってことよ」

「だけど、あんな卑怯な――」

「おい」

なおも言い募ろうとした小僧を、長吉が肘でつつく。ちょうどおたえが、洗濯物を取り込むために出てきたところだった。

長吉は、細かいことによく気づく。気まずそうに面を伏せてしまったおたえを、哀れに思ったのだろう。

熊吉はつとめて明るく、「おたえさん」と呼びかける。

被害に遭った片割れとしては、なにも触れないのも変だ。昨夜は体調の変化への戸惑いと焦りから、おたえにきつくあたってしまった。

「昨日はすまなかったな。あんな騒ぎに巻き込んじまって」

おたえは面を伏せたまま、「いいえ」と首を振った。

「私が、軽はずみだったんです」

「なぁに、おたえさんは悪くないさ」

そう言ってやってもおたえは小さく頭を下げただけで、乾いた洗濯物を取り込んでゆく。

そりゃ昨日は、おたえさんの軽率さをなじっちまったもんな。同じ口で悪くないと言われても、筋が通らない。それにおたえは見たところ、思い詰める性質のようだ。

「もしもアンタが悪いなら、旦那様からなにかしらのお咎めがあったはずだ。それがないってことは、つまりそういうことなんだよ」

心持ちを軽くしてやりたかったのに、回りくどい言い回しになってしまった。おたえは洗濯物を胸に抱えると、ぺこりと一礼して去ってゆく。

「ああ、ちくしょう」

まったくもって、女の機嫌を取るのは難しい。熊吉はやけっぱちな気分で首の後ろを掻く。

「おい早く洗っちまわないと、若旦那様が様子を見に来ちまうぞ」

気遣わしげに見上げてくる小僧たちの注意を、長吉が逸らしてくれたのはありがたいかぎりだった。

四

その夜は寝る前から、七月の初旬にしては冷たい風が吹きはじめた。

暑い季節は体の上になにも掛けずに寝るが、それでは風邪(かぜ)をひくんじゃないかと、各々が押し入れから夜着を引っ張り出したくらいである。ひと夏の間仕舞われていたせいで、それは黴(かび)くさくて湿っていた。こんなことなら昼のうちに干(ほ)しときゃよかったと言い合いながら、床(とこ)に就(つ)いた。

それからどのくらい眠ったのか。熊吉は、凄(すさ)まじい音に驚いて飛び起きた。隣に寝ていた長吉も、他の二人の小僧も、少し遅れて起きたようだ。暗闇(くらやみ)の中に、三対の白目が光って見える。

「なんだこれ、なんの音だい」

二人の小僧は怯(おび)え、身を寄せ合う。バラバラと凄まじい音を立て、屋根になにかがぶつかっている。

両隣の部屋からも、「うわっ」「なんだ！」と悲鳴が上がる。明かりを落としているせいで、よけいに状況が摑めない。しかし焦って火を使い、火事でも起こしたらそれこそ洒落(しゃれ)にならない。

暗闇に目が慣れるのを待ち、熊吉は立ち上がる。屋根に打ちつける音はバラバラどころか、人がダンダンと足を踏み鳴らしているかのような響きに変わった。

「熊吉さん、気をつけて」

長吉の声を背中で聞きながら、心張り棒を外し、取り替えてもらったばかりの戸を開ける。すると目の前を、恐ろしい速さでなにかがよぎった。それは上から落ちてきて、足元に叩きつけられた。

危なかった。庇(ひさし)の向こうに顔を出していたら、頭が石榴(ざくろ)のように割れていたかもしれない。しゃがんで落下物を手に取ると、ひんやりと冷たかった。

「雹(ひょう)だ！」

しかも、かなり大きい。若鶏(わかどり)の卵くらいはある。

「そんな。冬でもないのに」

小僧たちは驚いているが、雹というのは実は夏のものだ。たいていは初夏に降る。こんな夏の終わりに降るのはたしかに珍しい。

そうこうするうちに、雷鳴まで轟(とどろ)きだした。旦那様たちは、大丈夫だろうか。

熊吉は部屋の中に引き返し、綿の入った夜着を頭から被(かぶ)る。これでも雹が当たれば怪我をするかもしれないが、母屋や店が心配だった。

「ちょっと、様子を見てくる」

そう言い残し、外に飛び出す。月は出ていないが稲光が明るく、足元に不安はない。

少し走ったところで、向かう先の母屋から悲鳴が聞こえた。女の声だ。雹や雷を恐れているのとは違う、切実な響き。「誰か、誰か来て!」と助けを呼んでいる。

二階の女中部屋か。

熊吉は突っかけていた下駄を脱ぎ捨て、母屋の縁側から中に入った。

二階に駆けつけてみると、歳若い女中が寝間着のまま部屋の障子を開け、「助けて」と叫んでいた。

「どうした?」

息せき切って尋ねても、女中は動転していて要領を得ない。熊吉はその肩を摑み、「邪魔するよ」と脇をすり抜けた。

四人いる女中には、二人ひと組で部屋が割り振られている。隣の部屋の女中たちが先に駆けつけ、夜具からはみ出て倒れていた女を抱き起こそうとしていた。

手燭に火が入っており、薄暗くはあるがあらかたのものは見える。倒れているのはおたえだった。

「なにがあった！」

問い詰めても、女中たちもわけが分からないと首を振る。そのうちに、廊下が賑やかになってきた。

「ううう」とおたえが唸る。辛うじて意識はあるようだが、熊吉の問いかけには答えない。下腹を押さえて、苦しそうに顔を歪める。

「あ、血！」

おたえを抱きかかえるようにしていた女中が、短く叫ぶ。どこに触れたのか、女中の手はぬらぬらと黒く光っている。

股だ。股間からひどく出血しているらしく、おたえの寝間着が汚れていた。

熊吉は素早く視線を巡らせて、畳の上に湯呑が転がっているのに気がついた。取り上げてみると、空である。それでもたしかに、生薬の甘く埃っぽいにおいがしている。

「なにを飲んだ！」

鼻のいいお花なら、においだけで生薬の種類を当てられるかもしれない。だが熊吉にそんな芸当はできない。

顔を近づけるとおたえはハッとして、熊吉の袖にしがみついてきた。

「ごめんなさい。熊吉さん、ごめんなさい」

苦しい息の下で、詫び言を繰り返す。今は、それどころではないというのに。

「教えてくれ。湯呑の中身はなんだった」

「う、し」

「なんだって？」

声がかすれていて、聞き取りづらい。耳を寄せると、おたえは絞り出すように答えた。

「うし、の、ひ、ざ」

「牛の膝？」

牛膝だ。まさかおたえは、夕暮れどきの小僧たちの会話を聞いていたのか。そして店の薬簞笥にあったのを、煎じて飲んだのか。

ならば、この出血は——。

「なにごとですか」

廊下に集まっていた奉公人を搔き分けて、旦那様が顔を出す。それに続いて、若旦那も。

熊吉は、二人に向かって訴えた。

「早く医者を。牛膝を飲んだようです」

薬種問屋の主人なら、それで通じる。旦那様はすぐさま顔色を変えて、俵屋と懇意にしている医者の名を出した。

「お前、呼んできなさい」と若旦那に指示を出す。この夜更けだ。奉公人よりも若旦那が行ったほうが、医者は動いてくれるだろう。

「通しておくれ」

奉公人の垣根を分けて、駆けてゆく若旦那の背を見送る。そのついでに熊吉は、怖いもの見たさのように佇む顔に視線を走らせた。

その男は熊吉と目が合うと、ぎょっとして肩を震わせた。

「おい」

呼びかけると一歩二歩と後退り、ぱっと身を翻す。

「待てよ、長吉！」

追いかけようにも、袖を握るおたえの手が離れない。うわごとのように、まだ「ごめんなさい」と繰り返している。

長吉は、階段を駆け下りていったのか。

雷鳴にかき消され、足音は聞こえなかった。

五

七月六日の子の刻（午前零時）に降りだした雹は、商家の甍を割り、あるいは長屋の屋根を突き破り、江戸の町に甚大な被害を及ぼした。怪我人も多数出たようで、薬屋では打ち身や切り傷といった外傷の薬が飛ぶように売れた。

そんな騒ぎに紛れるように、長吉はその夜、いずこかへと姿をくらました。

「そうですか。ここにも来ませんでしたか」

長吉は上野の山の向こう側にある、下駒込村の出だ。訪うと農家の者らしくよく日に焼けた母親が、申し訳なさそうに肩を縮めた。

雹の降った夜から、三日が経っていた。

医者の処置を受け、体を休めたおたえからは、昨日やっとことのあらましを聞き取ることができた。

おたえは自分の腹に、やや子がいると思っていた。思い出すのもおぞましい出来事により、授かったのだと。

ふた月前のことらしい。言いつけられた用事を終えて、たそがれどきに帰路についた。その途中で見知らぬ男に薄暗い路地へと引きずり込まれ、乱暴を受けた。

あまりの恐ろしさに、同輩に相談することもできなかった。一刻も早く、忘れてしまおうと思った。夜中に目が覚めて叫びだしそうになっても、こんなことはなんでもないと己に言い聞かせた。

それからしばらくして、月のものがこないことに気がついた。あの忌まわしい出来事は、体にしっかりと痕を残していたのだ。どうしていいか分からずに、おたえは鬱々とした日々を過ごしていた。

元から快活な性質ではなかったから、同輩はおたえが塞いでいてもさして気に留めなかった。気づいたのは、長吉だった。

「なにか心配事があるのなら言ってごらんよと、声をかけてくださったんです。ええ、長吉さんだけが」

普通なら、歳の近い異性に打ち明けたい話ではない。だが長吉の眼差しには真心が感じられ、おたえはするすると事情を話していた。他に、頼れる人はいなかった。

「そうかい、それはさぞ辛かったろう。可哀想に」

長吉は、おたえのために涙さえ流してくれた。それから少し考えて、こう請け合った。

「しばらく待ってくれませんか。おたえさんも腹の子も幸せになれる道を、考えてみますから」

そんな道が、はたしてあるのだろうか。見当もつかなかったが、おたえの心持ちは、胸の内の澱をさらけ出したことで幾分軽くなっていた。「よろしくお願いします」と、長吉に頭を下げた。

「おたえさん、もう大丈夫ですよ」

長吉に池之端まで呼び出されたのは、熊吉と二人で閉じ込められた夜の五日ほど前だった。

約束どおりにやって来たおたえの顔を見るや、長吉は「熊吉さんと一緒になる気はありませんか」と問うてきた。

曰く、熊吉は以前からおたえに想いを寄せており、この話を持ちかけたところ、たいそう乗り気である。当人さえよければ腹の子共々面倒を見るつもりがあるから、安心してほしいとのことだった。

おたえにはかねてから、気にかかっていたことがあった。熊吉と旦那様が話しているのを耳にすると、よく「おたえさんが」と、自分の名が囁かれているようなのだ。なぜだろうと不思議に思っていたけれど、熊吉が想いの丈を語っていたのだとすれば得心がいく。

おたえの胸は高鳴った。長吉は、さらにこうつけ加えた。

「奉公人同士が恋仲になるのは御法度ですが、熊吉は旦那様の気に入りです。新しい薬ができたなら、店を持たせて独立させようって話もあるくらいで。そうするとおたえさん、あなたも商家のお内儀ですよ」

もちろんそんな話はでっち上げだ。でも新しい薬の流通が熊吉に任されるようだという噂は聞いており、おたえはすっかり信じてしまった。

商家のお内儀という肩書きに、欲が出なかったと言えば嘘になる。だけどふた月前にあんなひどい目に遭ったのだから、そのくらい幸せな話が舞い込んできたっていいと思った。人生の帳尻は、こうやって合ってゆくのだ。

熊吉のことは、おたえも憎からず想っていた。若干才気走ったところはあるが、心根のいい男だ。夫婦になっても、大事にしてくれそうな気がした。

それでもすぐに「よろしくお願いします」と話を受けなかったのは、自分の体に引け目があったからだ。見知らぬ男のいいようにされてしまった体を、おたえ自身もまだ受け入れられずにいた。

「熊吉さんは、本当にいいの？」

尋ねると、「だったら本人に聞いてみるといいですよ」という答えが返ってきた。

だから数日後に留吉が、「なんの用だか知らないが、熊吉が呼んでるぜ」と声をかけてきても、なにもおかしいとは感じなかった。てっきり二人のこの先について、話し合うものと思っていた。


「ごめんなさい。本当に、ごめんなさい」

事の次第を話しながらも、おたえはひたすら謝り続けた。

長屋の一室に閉じ込められたときの熊吉の態度から、自分はどうやら長吉に担がれたらしいと気がついた。話が違うじゃないかと詰め寄ると、「熊吉さんは照れているだけですよ」と長吉は言い訳をしたが、そんなごまかしを信じるほど、おたえも愚かではなかった。

熊吉には、頼れない。ならば日に日に膨らんでゆくであろう腹を抱えて、どうやって生きていけばいいのだろうか。

そう思い悩んでいたときに、小僧が牛膝散の名を口にするのを耳にした。

妊婦が飲むと、流産のおそれがあるという薬だ。他の生薬は忘れてしまったが、牛の膝という言葉だけが頭に残った。

皆が寝静まってから、足音を忍ばせて店の間に入った。薬簞笥の抽斗に貼られた生薬の名は、難しくてほとんど分からなかった。それでも『牛』という文字だけは、辛うじて読むことができた。

さてこれを、どのくらいの分量煎じればいいのか。牛膝散という薬には何種類もの生薬が入っているようだが、一種類ではたして効き目が出るのか。

迷った挙げ句、多いに越したことはないと、両手に握り込めるだけの量を煎じて飲んだ。

結果として、おたえの腹に子はいなかった。医者が言うには恐ろしい出来事によって心が傷つき、血の道が止まっていたところへ、瘀血を取り除く生薬が作用したのだろうとのこと。腹の痛みに苦しんだのは、子宮の働きを促す牛膝を大量に摂取したのがいけなかったようである。

子ができていなかったと知り、おたえは泣いた。

「よかった」と言ってぼろぼろと涙を流し、最後に「でも、なんだか寂しい」と呟いた。

「もしも長吉が帰ってくるか立ち寄るかしたら、必ず俵屋に知らせてください」

長吉の母親は、よく見れば控えめな鼻筋が息子と似ていた。責めているわけではないのに、申し訳なさそうな眼差しで熊吉を見上げてくる。

旦那様の許しを得て、得意先回りの前に下駒込村に立ち寄った。宗林寺の裏手の、大きな椎の木の根元に建つ家と聞いていたから迷わなかった。

「ひどいあばら屋だよ」とかつて長吉が言ったとおり、家というより小屋に近いものがある。やつれた様子の母親の背後では、まだ奉公に上がる歳ごろではない弟と妹が遊んでいた。

詳しい事情は、伝えていない。そもそも熊吉にだって、分からないのだ。

なんとなく長吉のことを疑いだしたのは、杏仁を桃仁の抽斗に入れられた直後のことだった。

抽斗の中で混じってしまった生薬を選り分けて、自分の部屋へ戻ったとき。長吉はおたえが作った握り飯を手に、「大丈夫でしたか?」と聞いてきた。

熊吉はたしかに若旦那に呼ばれはしたが、用件は誰にも洩らさなかった。それなのに大丈夫かと尋ねるのは、少なくともよくないことが起こったと知っているからだ。

その場で問い詰めなかったのは、熊吉自身「まさか」という思いが強かったせいである。

まさか、長吉が。なんのために？

あのとき目を逸らさずにしっかり白状させていれば、長吉は俵屋を出奔せずに済んだかもしれない。彼の悪意と向き合って「どういうつもりだ！」と、真っ向から挑んでいたならば。

でも熊吉は、怖かった。なにかの間違いだと思いたかった。

長吉が姿を消した日の翌朝、割れた瓦を拾い集める留吉に聞いてみた。

なぜ桃仁の抽斗に、杏仁を入れたのか。

留吉は面白くもなさそうに口を尖らせて、こう答えた。

「お前を困らせたかったからだ」

「ですからなぜ、そんな手段を取ったんです？」

すると留吉は、なにかを思い出そうとするようにくるりと目玉を動かした。

「あのときは、若旦那様がお前に杏仁を片づけるよう言いつけてて。そうだ、隣にいた長吉がぼそっと呟いたんだ。『杏仁って、桃仁そっくりで危ないですよね』って。『抽斗を、間違えないようにしないと』とも言っていた」

だから留吉は、「そりゃあいいや」とそっくりそのままを行動に移した。いわば長吉に、操られたようなものだった。

熊吉とおたえを閉じ込める手伝いをした手代も、誰かにそう仕向けられたのだと語っていたっけ。

龍気養生丹を飲んで女と二人きりにされても、我慢ができるものだろうか？

誰が言ったのかと尋ねると、手代は首を捻った後に、「ああ、長吉だ」と手を打ち合わせた。

おたえが熊吉の部屋に呼ばれても疑わぬよう、仕組んでいたのも長吉である。あの男はそんなにも、熊吉を陥れたかったのか。

友達だと信じてたのは、オイラだけだったのかな。

熊吉が手代になってから、長吉が生薬の袋の中身を間違えて渡してきたこともあった。今思えばあれは、わざとだったのかもしれない。熊吉のことが憎くて、ちょっとは困らせてやろうと思って、袋の中身をすり替えた。

それがうまくいったものだから、味を占めてしまったのだ。

だが何度も自分の手を汚しては、嫌がらせだとすぐにばれる。そこで長吉は、人を使うことにした。熊吉に反感を抱いている者や、大きな悩みを抱えている者ならば、ちょっとつつけば思いどおりに動いてくれる。

だけど、なんで？　そんなにオイラが先に出世したのが、気にくわなかったのか？

そんなものは、後からいくらでも巻き返しがきいたのに。長吉の地味だが細やかな仕事ぶりには、旦那様も目をかけていた。

おそらく来年の春か、遅くとも秋には手代に出世しただろう。それすら待てぬほど、同い歳の熊吉に先を越されたのが許せなかったのか。

どこに行っちまったんだよ、長吉。

これまでの努力を、かなぐり捨てて。損得勘定もできぬほど、妬心が膨れ上がってしまうとは。

同じ問いを、何度自分に投げかけても分からない。熊吉は、出世に負けた側ではないから。それがどれほど悔しいことなのか、想像はできても実感がなかった。

長吉の母親には、仕事が嫌になって逃げ出したようだと伝えてある。母一人の暮らしに余裕がない中で、奉公に遣った息子に帰ってこられても困るのだろう。母親はひどく恐縮して、戻ったらすぐ知らせると約してくれた。

礼を言って、長吉の生家を後にする。

江戸の外れだけあって、周りには田畑が広がっている。そろそろ実りの秋を迎えるというのに、倒れた稲穂が目立つのは先日の雹のせいか。こつこつと積み重ねてきたものも、一夜にして台無しになってしまう。

なんだか、寒ぃな。

七夕を過ぎ、吹く風には秋の気配が混じっている。震えるほどではないが、熊吉は己を抱きしめるように腕を組んだ。

戻ってこいよ、長吉。腹の内を全部、聞かしてくれよ。

切実に願っても、長吉の足取りは摑めなかった。

俵屋を去る者など、一人も出したくはなかったというのに。

ひどく、疲れちまったな。

それでも客先ではなにごともなかったかのように笑顔を作り、仕事に励まねばならない。

「休みてぇ」と愚痴を零し、思い出した。もうすぐ藪入りだ。

「藪入りにはまた、帰ってくるんでしょう」という、お花の邪気のない声が聞こえた気がする。

「なにか、食べたいものはある？」

頭の中だけに響く問いかけに、熊吉は小声で答えた。

「あったけぇものがいい」

お花はきっと、熱々の餡がかかった蓮餅を用意して待っていてくれる。「蓮根を擂り下ろすのが、ちょっとむつかしかったの」なんて言いながら。

なぁ、お花。お前は知らねぇだろう。あのなにげない問いかけが、今こんなにもオイラの救いになってるってことを。

朝餉もろくに入らなかった胃が、蓮餅を食べた後のようにぼんやりと温かくなってくる。その温もりを逃がすまいと、熊吉は着物の鳩尾あたりをぐっと握った。

藪入りまでの、残りの日にちを数えてみる。いつも一生懸命な、あの子の得意げな顔が見たかった。

「ああ、楽しみにしとくよ」

そう呟くと、熊吉は足取りを速めて歩きだした。

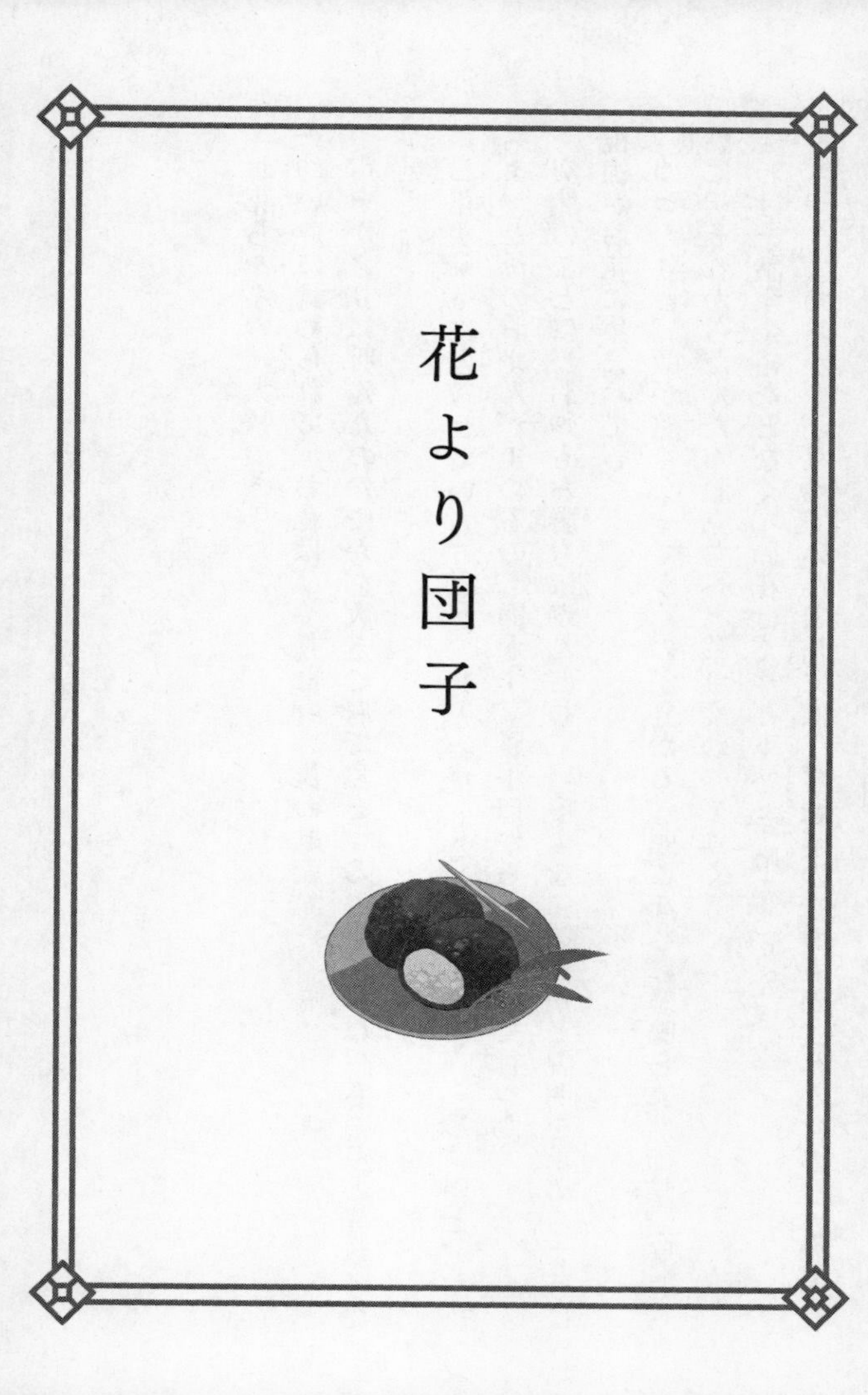

花より団子

一

「お花ちゃんの、大嘘つき！」

幼い声に責められて、お花はびくりと身を震わせた。

声をかぎりに叫んだおかやが、大きく肩で息をする。目尻には、きらりと光るものが見えた。

お花が呆気にとられているうちに、おかやはくるりと身を翻す。「ちょいと、お待ちよ」と母のおえんが止めるのも聞かず、勝手口から飛び出して行った。

突然のことに、お妙もお勝もぽかんとしている。なにごとかと説明を求めるように、視線がお花に集まってきた。

ゆっくりと、顔が熱くなってゆくのが分かる。頭ごなしに怒鳴られた衝撃が恥じらいに、それからだんだん腹立ちへと移り変わってゆく。

わけを話す余裕などなく、お花はぐっと下唇を噛みしめた。

さっきまでおかやが座っていた床几には、薩摩芋の味醂煮が食べかけのまま残されて、ほくほくと湯気を上げていた。

中秋の名月も見終わり、秋が色を濃くしてゆく葉月十九日の午後のことである。口寂しくなったらしいおえんとおかやが『ぜんや』に顔を出し、ちょうど客が途切れた折でもあるし、芋でも甘く煮て女ばかりでおやつにしようということになった。輪切りにした薩摩芋を、鍋でことこと煮たのはお花である。お妙に教わって、味つけは味醂だけ。これで優しい甘さになる。素朴だけども体からほっと力が抜ける、秋のおやつだ。

できたてを五つの小鉢に取り分けて、緊張した面持ちで床几に運んだ。

頰の強張りが解けたのは、薩摩芋をひと口囓ったおえんの「うん、美味しい！」を聞いてから。小上がりの縁に並んで腰掛けていたお妙とお勝も続いて、「これは幸せ」「いい甘さだねぇ」と褒めてくれた。

「いっそのこと、大鍋いっぱい煮てほしかった」

おかやは頰を膨らませていたが、悪い意味ではない。もっと食べたいと言ってくれたのだ。お花は「えへへ」と笑いながら、熱々の芋を吹き冷ます。

「そういや、お志乃ちゃんの具合はどうだい？」

女ばかり集まって美味しいものを食べていると、思い出されるのはここにはいない友のこと。おえんが尋ね、お妙が答える。

「お元気そうですよ。悪阻も治まって、よく食べているみたいです」

身重ゆえ出歩きはしないが、たまに顔を見せる升川屋によれば、お志乃も腹の子も恙なく過ごしているらしい。升川屋はまるで外で飲んだ罪滅ぼしのように、お妙の料理をお重に詰めて持って帰る。それをお志乃は、とても楽しみにしているそうだ。

「食い気が戻ったなら、なによりだね。若様に持たせた鰻も、大喜びだったようだし」

お勝が熱い番茶を啜りながら、六月の鰻づくしの話を持ち出した。若様というのは、お志乃の息子の千寿のことだ。

「えっ？」

その呼び名を聞いたとたん、おかやの箸が止まった。つぶらな目を瞬き、お花を見遣る。

「千寿さん、来たの？」

痛いところを突かれた。お花はうっと顔をしかめる。

それを、肯定と受け取ったらしい。おかやは手にしていた小鉢を置き、立ち上がった。

「どうして。来たら教えてくれるって、約束したのに」

大人たちは、わけが分からず首を傾(かし)げている。助け船は期待できない。

なにか言い返したいことがある気はするのに、言葉が出てこず、お花は着物の膝(ひざ)をぎゅっと握った。

おかやの餅肌(もちはだ)が火照(ほて)っている。言い訳すらしないお花にますます腹を立てたようだ。

「なにさ。お花ちゃんの、大嘘つき！」

身を折るようにしてそう叫ぶと、おえんの制止も聞かずに走り去ってしまったというわけである。

呆気にとられていた大人たちが、顔を見合わせる。「なにがあったの？」と、尋ねてきたのはお妙だった。

責める気配のない、どこまでも優しい問いかけだ。寄り添われると涙が出そうで、お花は唇を引き結ぶ。

「しょうがないねぇ」

どうせ子供の喧嘩(けんか)だと、おえんは悠長なものである。空になった小鉢を脇(わき)に置き、おかやが残していった芋まで食べはじめる。すっかり平(たい)らげてから、やれやれとばかりに腰を上げた。

「ご馳走さん。うちの子に、ちょいとわけを聞いてくるよ」

押し黙ってしまったお花を宥め賺すより、そのほうが早いと踏んだようだ。

お願いしますと言いたげに、お妙が目で合図を送る。

お花はなんだか遣りきれなくて、内へ内へとこもるように背中を丸めた。

おかやはおえんの胸に縋りつき、泣きながらすべてを語ったそうだ。

千寿が『ぜんや』にやって来たら、会いたいからぜひ呼んでくれと頼んであったこと。お花もそれを快諾したはずなのに、今日まで千寿の訪れを内緒にしていたこと。おかやにそうと知られたとたん、明らかに「しまった」という顔をしたこと。

「お花ちゃんはひどい。意地悪だ。きっと自分も千寿さんが好きだから、わざと知らせなかったんだ！」

そんなふうに言い募って、おかやは泣きわめいた。

「うちの子はそう言ってるけど、本当かい？」

しばらくしてから『ぜんや』に戻ってきたおえんに問われても、お花はやっぱりなにも言えなかった。辛うじて千寿を好きだということだけは、首を横に振って否定した。

千寿が鰻料理を取りに来たとき、おかやのことを思い出したのにわざと呼びに行かなかったのは本当だ。忘れたことにしてしまおうとすら考えた。けれども理由は、横恋慕なんかじゃない。そもそもおかやの頼みを、快諾した覚えもない。

傷ついたのは、お花が先だ。おかやが失礼なことを言うものだから、頼みなんて聞いてやる義理はないと頑なになってしまった。

でもそれってつまり、意地悪だ。おかやの主張は、間違っていない。

どんな言い訳をしたところで、お花が悪いことに変わりはない。そんなことを胸の内だけでぐるぐると考えていたら、お妙が遠慮がちにお花を庇った。

「あのときは、千寿ちゃんも長居はしなかったし。呼びに行く暇がなかったのよね？」

たしかにそうだ。でもこの言い分には、ごまかしがある。千寿はたしかに長居しなかったが、特に急いでいるわけでもなかった。おかやを呼びに行って、挨拶を交わすくらいの間は、頼めば待ってくれただろう。

せっかく庇ってくれたのに頷くこともできなくて、お花は立ちつくしたまま己の爪先ばかり見ていた。そしてついに、おえんが焦れた。

「ああもう、なんだい。たいしたことじゃないだろう。暇がなかったにしろ、忘れてたにしろ、うちの子にちょっと謝りゃ済む話じゃないか。かやだって、謝ってる相手をいつまでも責めるような子じゃないさ。『ごめんなさい、次からは気をつけます』で、おしまい。違うかい？」

本当に、それで済むんだろうか。表面上は仲直りできたとしても、お花の胸にはわだかまりが残る。本音を言えば、謝りたくないのだ。

だって、おかやちゃんも悪いのに——。

「十四にもなって、七つの子に意地を張るなんてみっともないよ。アンタは昔っからそうだ。意固地で可愛げがないったら」

「それはおえんさんも、言いすぎです」

むっとしたように言い返したのは、隣に控えていたお妙だった。一歩前に出て、堂々たる体軀のおえんと睨み合う。

「なにさ、お妙ちゃんがいつまでもこの子に遠慮してんのが悪いんだろ。言うことを聞かないんなら、たまには横っ面を引っぱたいてやるのも親の務めだよ」

「そんなこと、できません。いい大人が子供相手にみっともない」

「なんだって！」

自分で言い放った言葉をそっくりそのまま返されて、おえんが仁王様のように目を見開く。肉づきのいい頬が、ぶるぶると震えている。

さらになにか言い募ろうとおえんが口を開きかけ、お妙が応酬するべく身構える。放っておけば、果てしない舌戦が繰り広げられたかもしれない。

「やめな、あんたたち」

幸いにも、お勝がいた。小上がりの縁に腰掛けたまま煙草を吹かし、やけに凄みのある声で割り込んだ。

「ここは飯を食うところだろう。喧嘩なら、とっとと店仕舞いしてよそでやりな」

そのひと言で、お妙の頭は冷えたらしい。折よくと言っていいのか、表の戸が開き、味噌問屋の三河屋が顔を覗かせた。

「おや、今日はまだ他の旦那は来ていないんだね」

そう言いながら、店の中に入ってくる。客を迎える店主自らが、ぎすぎすしていてはまずい。目を見張るほどの変わり身で、お妙は「おいでなさいませ」と微笑みを浮かべた。

おえんのほうはまだ気が治まらないらしく、「フン!」とそっぽを向いて去ってゆく。勝手口の開け閉めも乱暴だ。

「どうしたんです?」と気にかける三河屋に、お妙は「ええ、ちょっと」と言葉を濁した。

お花は詰めていた息を、ふうと吐く。女の甲走った声は今も苦手だ。

握りしめた手をゆっくり開いてみると、水を使った後のように汗で濡れていた。

二

「お花ちゃん、危ない!」

お妙に鋭く咎められ、ハッと我に返った。

菜箸を握ったまま、立ちつくしていた。視線の下には、白い煙を噴き出している揚げ油。お妙がお花を押しのけるように進み出て、布巾で鉄鍋の把手を摑む。

「濡れ布巾、そこに敷いて!」

鋭い指示が飛び、お花は慌てて台の上に濡らした布巾を敷く。その上に鉄鍋が移されて、じゅおっと不穏な音を立てた。油を、熱しすぎてしまったのだ。

「駄目でしょう。揚げ物をしているときは、ぼんやりしないで!」

お妙のこんな剣幕も珍しい。それだけのしくじりを、お花がしたのだ。油は熱しすぎると火を噴くから気をつけるようにと、前々から言われていたのに。

「ごめんなさい」

しょんぼりと、肩を落とす。まだ揚げ物をはじめる前で、菜料が無駄にならなかったのが不幸中の幸いだ。

「もういいから、座ってなさい」

使えやしないと、見放されてしまった。目の動きで床几へと促され、お花は重い足取りで調理場を出る。座っていろと言われてもやるべきことは特になく、忙しそうに立ち働くお妙を眺めていた。

おかやとの仲違いから一夜明けても、まだ頭がすっきりしない。大嘘つき呼ばわりはさすがにひどいんじゃないかとか、可愛げがないというのは実母のお槇にもよく言われたっけとか、考えだすと時が止まる。

止まっているのはお花だけで、周りはあたりまえに動いているのだからたちがわるい。そのせいで朝起きてすぐ階段を踏み外しそうになったし、朝餉の味噌汁も気づいたら冷めていた。そしてついに、このしくじりだ。

どうしよう。やっぱり料理は教えないって言われたら。

お妙は油がほどよく冷めるのを待って、揚げ物をはじめている。鰯の揚げ糝薯である。

鰯の擂り身に山芋を混ぜ、丸く形作って片栗粉をまぶすまではお花がやった。鰯は手開きにできるから包丁を使わなかったが、もし使っていたら血を見ただろう。料理は火も刃物も扱うのだ。注意の足りぬ者は調理場に立つに能わない。

うまく、いかないな。

なにもせずにじっとしていると、どうして自分はいつもこうなんだろうと、気持ちが後ろ向きになってゆく。客の前でさらなるしくじりを犯してしまうんじゃないかと、店が開くのも怖くなる。

こんなにも、幸せそうなにおいがしているのに。

鰯の糝薯を揚げている隣の竈には蒸し器が置かれ、湯気が立ち昇っている。甘く芳しい、糯米の香り。竹の皮に包まれた、おこわである。それを蒸しているので、竹林に吹く風のような香気が微かに漂う。

お妙はさらに手際よく、料理を作り上げてゆく。お花が調理場にいないほうが動きやすそうに見えるのは、気のせいだろうか。いや実際に、教える手間が省けるのだ。どうりで仕込みをはじめる時間が、前より早くなったわけである。

私ってば、足手まといだ。

お花はがっくりと項垂れる。開店までまだ間があるのに、表の戸が開いた。

「ああ、いい香りだなぁ。お妙さん、用意はできましたか」

髪結い床から戻ってきた只次郎である。月代も髭も綺麗に剃ってもらい、歳より若く見える顔がいっそうつるりとしている。

「もう少しです。お待ちください」

お妙の返答を聞き、只次郎はお花の隣に腰を落ち着けた。顔を覗き込んできて、特に気遣わしげでもなくにっこりと笑う。

「どうしたの。料理はしないのかい」

昨日のあらましは、どうせお妙から聞いているはず。お花は多くを語らず、「うん」とだけ言って頷いた。

「そう。だったら今日は、私のお供を務めてもらおうかな」

「お供?」

訝しく思い、首を傾げる。只次郎の仕事といえば、鶯指南か商い指南。なにか、役に立てることはあるだろうか。

「まぁ、荷物持ちのようなものだね」

そのくらいなら、お花にもできそうだ。調理場に立つお妙を見上げると、やり取りを聞いていたらしく頷き返してきた。

「いいわよ。行ってらっしゃい」

どのみち店にいても、気が塞ぐばかり。只次郎がお花の手を借りたいと言うのなら、願ったりだった。

「どうぞ。こちらも用意が整いましたよ」

お妙がそう言って見世棚に置いたのは、二段重ねの重箱だった。

思わず見上げてしまう、秋の空。どこまでも青く澄みきって、はるか高みにあるのに吸い込まれそう。目が離せぬまま歩いていたら、只次郎に注意を促された。

「足元、危ないよ」

地面には轍ができている。雨でぬかるんでいるうちに大八車が通り、そのまま乾いてしまったのだ。危うく足を取られるところだった。

いけない。うっかり転びでもしたら、手荷物をぶちまけてしまう。荷物持ちすらまともにできないとあっては、身の置き所がない。

お花は風呂敷で包んだお重を、ぎゅっと胸に抱いた。

神田川の岸辺に植えられた柳がさわりさわりと揺れている。古着屋の床店が軒を連ねる柳原土手を、両国方面へと歩いてゆく。

お花の歩調に合わせ、着流し姿の只次郎もゆったりとした足取りである。昼四つ（午前十時）の捨て鐘が聞こえてきて、もう少し急いだほうがよかろうと下駄の音を高くすると、「ゆっくりでいいよ」と制された。

「聞いたよ。おかやちゃんと喧嘩したんだって？」

只次郎は、回りくどいことをしない。まるでいい天気だねとでも言うような口振りで、お花の胸中にするりと分け入る。並んで歩いていると顔を見合わせることがないから、お花もいくぶん気が楽だった。

「喧嘩っていうか――」

「でもおかやちゃんは、怒ってるんだろ？」

おかやの怒りは、まだくすぶっている。朝歯を磨こうとして井戸に出向くと、ばったりと出くわした。いつもなら「おはよう」と駆け寄ってくるところなのに、わざとらしく顔を背け、裏店に取って返してしまった。

「まだ、謝る気にはなれないかい？」

あんな態度を取られたら、そりゃあ謝る気も失せてしまう。只次郎が「謝りなさい」と無理強いしてこないことが救いだった。

お妙の前では幻滅されたくないという気持ちが空回ってしまうのに、只次郎には多少情けない姿を見せても笑い飛ばしてくれそうで、肩から力が抜けてゆく。

なにしろ只次郎自身が型破りなのだ。髱(たぼ)の膨らんだ町人髷(まげ)をちらりと横目に見てから、お花は再び行く先に顔を向けた。

「おかやちゃんも、謝ってくれるなら」

喉(のど)の奥でつかえることなく、言葉がでてきた。その声を耳で聞いてから、そうだ私は自分だけが謝るのは公平じゃないと感じていたんだと腑(ふ)に落ちた。

「おかやちゃんが、なにかした？」

問われてお花は、右手でそろりと額を撫(な)でる。熊吉(くまきち)にもらった軟膏(なんこう)が効いたのか、夏が終わったからなのか、お花を悩ませていた面皰(にきび)はほとんど痕(あと)を残さずに消えていた。

「ものすごく無遠慮に、面皰が増えてるって言ってきたの」

それだけ？　と、面皰がなくなってみると自分でも拍子(ひょうし)抜けするような理由だ。それでもあのときは騒ぎ立てられるのが嫌だったし、興味本位な眼差(まなざ)しに心がざらついた。おかやを千寿と引き合わせてやらなかったのは、そのときのわだかまりがあったからだ。

「なるほどねぇ」

お花のうまくない説明を聞いて、只次郎もまた空を見上げる。突き抜けるような秋の空は、ちっぽけな己を思い知らせてくれる。

「おかやちゃんは、自分の言動がお花ちゃんを傷つけたってことを知らないいんじゃないかな」

それは、そうだろう。だって言っていないのだから。

「だったら、謝りようがないよね。ちゃんと伝えないと、人は察してくれないよ」

そのとおりだった。おかやは怒りをまっすぐお花にぶつけてきたのに、お花は胸に秘めたまま意趣返しという形を取った。卑怯(ひきょう)なのは、自分のほうだ。

「ごめんなさい」

「謝る相手は、私じゃないよ」

只次郎が、ゆっくりと首を振る。顔を上げればきっと、柔らかな眼差しが注がれていることだろう。

思えばお花は、すぐに謝る子供だった。嫌われたくなくて、見捨てられまいとして、小さなしくじりにも「ごめんなさい」と身を縮めて謝ってきた。

それなのに、おかやに対しては謝りたくないと思ってしまった。なぜなのかは、よく分からない。

「それにしてもおかやちゃんの遠慮のなさは、おえんさん譲りだなぁ」

やれやれという響きを込めて、只次郎が息をつく。おえんの場合は遠慮がないどころではない。傍若無人というのではないだろうか。

「おえんさんは、ちょっと苦手」

神田花房町代地から離れつつあるから、そんな本音もぽろりと洩れる。昔っからおえんには、頭ごなしに叱られる。じっくり腰を据えてお花の言い分を聞いてやろうという気はさらさらなく、身勝手に罵ってくる。ほんの少しだけ、お槇を思い出してしまう。

「その気持ちは分からないでもないけどね。お妙さんと言い合いの喧嘩ができるのなんて、おえんさんくらいのものだよ」

只次郎が肩をすくめ、お花は「あっ」と思い出す。そういえば自分のせいで、お妙とおえんも喧嘩中だ。あれから二人は顔を合わせておらず、仲直りもまだのはず。

「どうしよう」

途方に暮れて呟くお花を、只次郎は軽やかに笑い飛ばした。

「あの二人なら、大丈夫。ちょっとくらいは意地を張るかもしれないけれど、苦楽を共にしてきた友達だからね」

「友達——」

口の中で繰り返し、なんとなく腑に落ちた。喧嘩をしてしまうのも、自分ばかりが謝りたくないと意地を張ってしまうのも、対等な友達だから。おえんが言うように七つも下の子に譲れないのはみっともないことなのかもしれないけれど、おかやはそんなふうに軽く扱える相手ではなかった。

「そっか。許してもらえるかな」

「さぁね。どうしても許してもらいたいなら、それまで謝り通すしかないね」

きっと許してくれるさと、安請け合いをしないところが只次郎らしい。お花は口元に、ふふっと笑みを刻んだ。

「只次郎さんは、お妙さんと喧嘩したときそうしてる」

「あれは喧嘩じゃありません。私がお妙さんを怒らせて、ひたすら謝っているだけです」

べつに誇れることではないのに、只次郎はそう言って胸を張る。そのあべこべな感じが可笑しかった。

そういえば只次郎はお妙を怒らせると、「はっきり言ってくださいよ。察してくれじゃ分かりませんから」とよく泣きついている。さっきの「人は察してくれない」という言い条には、実感がこもっているというわけだ。

お勝に以前、「アンタと妙は似ている」と言われたことがあった。あのときは意味が分からなかったけど、もしかするとこういうところなのだろうか。

どうせなら、もっといいところが似てほしかったけど。

なにも言わないくせに、不機嫌の理由を察してほしいと思ってしまう。そんな拗くれた心にずかずかと土足で踏み入ってくる「遠慮のない人」は、たしかに貴重なのかもしれなかった。

三

水茶屋や芝居小屋が多く建ち並び、人で賑わう両国広小路を抜けて大川を渡る。そろそろ目的地かと思いきや、只次郎はまだまだ東を指してゆく。

両国どころか本所も抜けて、ふと気づけば亀戸村だ。田畑が急に増えてきて、どこまで行くつもりだろうかと不安になった。

すでに半刻（一時間）ほどは歩いている。十間川に架かる橋の名は、天神橋。すぐそこに亀戸天神があるという。

「どこに向かっているの」

「ああ、ごめん。疲れたかい？」

べつにこの程度では疲れない。只次郎は天神橋からやや北上して、寺院らしき門の前で足を止めた。

「はい、ここです」

寺の名は、龍眼寺。江戸に名刹数あれど、聞いたことのない名前である。

「有名な寺なんだけどね。名はあまり知られていないかもしれない」

只次郎に先導され、境内に足を踏み入れる。そのとたん、目の前に鮮やかな色が溢れた。

「うわぁ」

思わず感嘆の声を上げてしまう。そこここで揺れている紫がかった紅色は、萩の花だ。境内が、見渡すかぎりその色に染め上げられている。

「萩の名所だから、萩寺といえば通じるんだけどね」

江戸の者は、皆そう言い習わしているそうだ。この季節は本尊よりも、萩を目当てに人が集まってくるという。

庭園に回ればさらに、浮世離れした景色が広がっていた。二つの池とそれを結ぶ小川には清らかな水がたたえられ、周囲の築山には秋の草花が配されている。なにより萩が数多く植えられて、花がこぼれた地面までが紫紅色に染まっていた。

萩見の客は男も女も顔をほころばせ、池の周りを巡り楽しむ。小川に架かる土橋を渡ると、水辺に臨んだ縁台で、見知った顔がくつろいでいる。

「どうも、お待たせしました」

只次郎が縁台に近づいてゆく。ぼんやりと庭を眺めていた菱屋のご隠居と俵屋が、同時に振り返った。

「なぁに、私たちもさっき来たところですよ」

ご隠居がそう言って、酒が入っているらしい徳利を目の高さに持ち上げる。まだ栓は開けていないようだ。

只次郎もまた草履を脱ぎ、膝を寛げる。これはどう見ても、ただの花見だ。

「仕事じゃなかったの？」

「仕事ですよ。息抜きという、大事なね」

奉公人たちは今も働き回っているだろうに、俵屋が屁理屈をこねる。頬が削げているから、実際に疲れているようではあった。

「龍気養生丹を仕上げて、息子に嫁を取ってやったら私も楽隠居しようと思っているのに。最後の最後で忙しいったらないですよ」

入荷が滞っていた高麗人参が先月末に入ってきて、以来俵屋は寝る間も惜しんで薬作りに励んだらしい。配合を少しずつ変えたものをとにかくたくさん作らねばならないから、一人では大変だったろう。約束してあった分はひとまず作り終えて、ちょっとひと息というわけだ。

「さ、お花ちゃんも早くお座り」

ご隠居が縁台の空いたところを叩いて促す。目的はお花よりも、その胸に抱いている包みかもしれない。なるほどお妙が作っていたのは、花見弁当だったのだ。

やれやれと呆れつつ、お花も下駄を脱ぐ。包みが開くのを待ちきれず、ご隠居が懐から盃を三枚取り出した。

「寺の中ですから大っぴらな宴会はできませんが、少しくらいならね」

誰に向けたものなのか、そんな言い訳をしながら冷やのまま酒を注ぐ。お花が重箱を開けて並べてやると、「おお！」と目を輝かせた。

「握り飯と漬物があれば充分と言っておいたのに、これはこれは」

重箱の中身は、まず竹皮の包みが四つ。それから鰯の揚げ糝薯に、海苔を巻き込んだ卵焼き、隠元の胡麻和え。甘味として、栗の甘露煮まで入っている。

「やぁ、これはおこわですか。なんとも具だくさんな」

俵屋がさっそく竹皮の包みを手に取り、開いている。お花はお妙の口振りを真似して告げた。

「五目おこわです」

糯米にたっぷりの小豆、人参、牛蒡、干し海老、椎茸を混ぜて、蒸したものだ。普通の赤飯でも嬉しいのに、なんとも贅沢なおこわである。小豆色に染まった米が、萩見には特にふさわしく思えた。

「あ、でもお箸が」

縁台の上を見回して、はたと気づく。まさか外で花見をするとは思わなかったから、持ってこなかった。お妙もつけ忘れてしまったのだろうか。

「大丈夫ですよ」と、俵屋が懐をまさぐる。出てきた箸は五膳。人数よりも多い。

「さっき買っておいたんです。一膳はお妙さんへの土産にしてください」

聞けばこの寺の名物で、剪定した萩の枝で作られた箸だという。枝の節がそのまま活かされているため、一つとして同じものはなく、なかなかに趣がある。

「萩は邪を払うと伝えられておりましてね。昔は月見の宴に萩の箸が使われたそうですよ」

ご隠居がちびりと酒を舐(な)めながら蘊蓄(うんちく)を傾ける。お花は萩の箸を手に取って眺めながら、首を傾げた。

「邪を払うって、どうして？」

「萩は冬になると葉をすっかり落として枯(か)れたようになるんです。でも春にはまた新しい芽が吹いて蘇(よみがえ)る。その力強さが称(たた)えられたんだろうね」

「へぇ」

ご隠居はまるで生き字引のようだ。そもそもお花の身の回りは博識な者が多い。俵屋が風に揺れる萩を眺めながら、問題を出してきた。

「お花ちゃん、秋の七草(ななくさ)は言えますか」

それなら何年か前のお月見のときに、お妙から教わった。お花は指折り答えてゆく。

「えぇっと、萩の花、尾花(おばな)葛花(くずはな)撫子(なでしこ)が花、女郎花(おみなえし)また藤袴(ふじばかま)、朝顔が花」

山上憶良(やまのうえのおくら)が秋の七草を詠み込んだという歌である。ちゃんと覚えていたことにほっとして、もうひと言つけ足した。

「だけど全部、食べられない」

春の七草は粥(かゆ)にして食べるのに、秋の七草は食べられないと聞いて残念に思ったことがある。薄のことだという尾花は、特に美味しくなさそうだ。

「そんなことはありません。食べられるものもありますよ」

それなのに俵屋は、そんなふうに謎をかけてくる。嘘だと思い、お花は眉を寄せた。

「たとえばほら、明日は彼岸の入りです」

「あ、おはぎ！」

ひらめいた、と手を打ち鳴らす。たしかにあれも、萩の名をもらい受けている。明日は朝からお妙と共に、おはぎ作りに励むことになっていた。

「おはぎも楽しみではありますが、ひとまず目の前の弁当を食べませんか」

ふと気づけば、箸を手にしたまま話し込んでいた。早く食べたくて焦れている只次郎に、ご隠居が破顔してこう言った。

「これぞまさに、花より団子ですね」


竹の皮の包みを解き、具だくさんのおこわをひと口。ゆっくりと嚙みしめるお花の隣で、只次郎が「うまぁい」と身を震わせている。行儀はよくないかもしれないが、この養父と一緒に飯を食べると、美味しいものがより美味しく感じられるから不思議であった。

「小豆はこの秋の新豆ですね。皮が柔らかくって瑞々しいです」

俵屋の感想に、お花は「それに、香りもいい」と胸の内だけでつけ足す。

ほのかに香ばしい、小豆のにおい。他の具材の風味も合わさって、米の甘さに溶けてゆく。味つけが塩と酒だけなのも、香りの邪魔にならなくていい。なにより糯米なので、腹に溜まる。

「やっぱり、お団子が先だと思う」お花はぽつりと呟いた。

思い出すのは、お槇と暮らしたあばら屋だ。毎日腹を空かしていたあのころは、花を楽しむ余裕などなかった。そんなものは、目に入らなかったに等しい。せいぜい梅と桜の見分けがつく程度。秋の七草をすらすらと答えられるようになるなんて、自分でも思っていなかった。

「さっきの七草じゃないですが、そういや私も餓鬼のころは食べられる草花にばかり詳しかったですねぇ」

大店の旦那衆には縁のない話だと思っていたのに、ご隠居がそんな昔話をしはじめた。そういえば、越後の寒村の出だと聞いたことがあったっけ。食うために娘たちが売られてゆく、貧しい村。ひもじさを知りながら成り上がり、ご隠居はここまでの好事家になったのだ。

「私の暮らした町には、草花も生えなかった」

「ああ、それは住人が根こそぎ抜いて食っちまうんでしょう」

季節を知らせる草花も生えぬ町に、花と名づけられた子供が暮らしていたのだから皮肉なものだ。せっかく旨(うま)いものを食べているのに、あの町の溝臭(どぶくさ)さが鼻先に蘇ってきそうで息を詰める。

盃を口元に運びながら、只次郎が町の名を口にした。

「下谷山崎町(したやまざきちょう)といえば、先日熊吉を見かけましたよ」

お妙たちに引き取られてから、お花はあの町に足を踏み入れてはいない。しかし只次郎はたまに訪れているようだ。今もあそこに居を構える鶯の糞買(ふんが)いの源(げん)さんから、鶯を飼いはじめた得意客の名を聞き出している。そうやって集めた名簿が、鶯商いに役立っていた。

「そうですか」

熊吉の名を聞いて、俵屋が浮かぬ顔になる。

考えてみれば、おかしな話だ。薬も買えぬ貧しい者が身を寄せ合っている山崎町に、俵屋の取引先があるはずもない。熊吉にとっては、用のない町である。

「熊ちゃん、大丈夫なの？」

心配になって、問うてみる。前々から気に掛かっていたことだ。

藪入りを『ぜんや』で過ごしたときも熊吉は、元気どころか生気に乏しかった。お花がはじめて作った蓮餅の餡をまるで薬湯のように啜り、「うめぇなぁ」と目頭を押さえたものである。

「子供のころから仲良くしてた小僧さんが、辞めちゃったって」

お花は胸の前できゅっと手を握る。

どうしたのかと尋ねても、熊吉ははぐらかすばかり。後日只次郎からそう聞いた。

さぞかしそれは、寂しかろう。だが身が細るほど辛いこととは思えない。

本当は、なにがあったのだろう。熊吉がなにも話してくれないのは、お花が頼りないからだろうか。

「辞めたというか、行くあてもなく飛び出してしまったんですよ」

俵屋が、苦いものでも舐めたように顔をしかめる。この人にとっても、痛い話のようである。

「簡単に言えばまぁ、熊吉と仲違いをしましてね」

「そうだったんだ」

お花は目を見開いた。そういう事情があったなら、熊吉が悩んでいるのも頷ける。

出て行った小僧は彼にとって、とても大事な人だったのだろう。

「じゃあもしかして、探してるの？」

下谷山崎町は、行くあてのない無宿人の吹き溜まりだ。人別帳から名を外されてしまえば、その小僧も無宿人の仲間入り。身を隠すには、うってつけの町といえる。

「そうなんでしょうねぇ。決められた仕事はきっちりこなしているから、文句は言えませんが」

気遣わしげな俵屋の口調から、熊吉が無理をしているのが伝わる。小僧を探す暇を作るため、きっと仕事にも根を詰めているのだ。

けれども熊吉は、そうせずにいられない。だって相手を見つけないかぎり、仲直りもできないのだから。

そう考えると謝るべき相手がすぐ近くにいるのにいつまでも手をこまねいているのは、怠慢のように思えてくる。

俵屋は紫紅色に染め上げられた築山を眺めながら、呟いた。

「あの子にこそ、息抜きという仕事が必要ですよ」

四

萩の切り花が売っていたので、土産に買っていこうということになった。

ところが家に、手頃な壺などはない。手桶に活けてみると案外しっくりきて、店が華やかになった。

「綺麗ね」と、萩寺に行けなかったお妙も嬉しそうだ。

「お花見は楽しかった?」

口元に笑みをたたえながら、顔を覗き込んでくる。きっとお妙も、お花に息抜きをさせてくれたのだ。

「うん。あの、朝はごめんね」

ただ亀戸まで歩いて萩を見て、弁当を使っただけ。それなのに自分の非を認められるくらいには心が落ち着いているから不思議である。

「次からは、気をつけてね。調理場では気を抜かないで」

いつもなら謝ると「いいのよ」と言ってくれるお妙が、真剣な眼差しで訴えてくる。火と刃物を扱うには、それなりの覚悟が必要だからだ。

「本当に、ごめんなさい」

もう一度謝ると、やっとお妙の眼差しが柔らかくなった。

次から調理場に入るときは、気合いを入れてからにしよう。うっかり者の自分はすぐぼんやりして、大事なことを忘れてしまうのだから。

お花に笑顔が戻ったのを見届けてから、只次郎は「じゃ、私は次の仕事に向かいますね」と出かけてゆく。「行ってらっしゃいませ」と、お妙が戸口まで見送った。

昼餉時の混雑も落ち着いて、店の中は長っ尻の客が一人二人残っているのみ。そちらはお勝が相手をしている。

伸びた饂飩のような、緩慢な時が流れる昼下がり。あの子は家に、いるだろうか。お花は小上がりの縁に飾られた萩を見遣る。花は土間に向かって枝垂れて咲いている。

冬には枯れたようになっても、また緑の葉を芽吹くという花。そんなふうに、人もやり直しがきくといい。

「あの、お願いがあるの」

只次郎を見送り、調理場に戻ろうとするお妙を呼び止める。

萩の花に、力を貸してもらうために。

翌日朝五つ（午前八時）の鐘と共に、おえんとおかやが勝手口に姿を見せた。

お妙に頼んで、おはぎ作りに二人を誘ってもらったのである。その際に、大人同士は和解を済ませたものらしい。

「お花ちゃんのおかげで、おえんさんと話すきっかけができてよかったわ」とお妙は言うけれど、きっと近いうちにおえんのほうから折れてきただろう。だっておえんはお妙とお妙の作る飯が好きだ。幾日も我慢できるはずがなく、そういうところをお妙も好ましく思っているようだった。

一方のおかやは、まだ機嫌が悪い。おはぎにつられて来たものの、お花とはひと言も口をきいてやるものかと決めてそっぽを向いている。挨拶をしても、聞かぬふりをされてしまった。

店内はすでに、餡子の甘いにおいに満たされている。熱々だと火傷をするため、朝一番に炊いて冷ましているのだ。おえんとおかやが揃ったのを見て、お妙が糯米を蒸しはじめる。

「おかやちゃん、これ」

着物の袖をまとめるための襷を渡そうとしても、おかやは手に取ろうとはしない。

代わりにおえんが受け取って、襷をかけてやる。さっそく気持ちが挫けそうになったけれど、いいやまだ早いとお花は拳を握りしめた。

だんだんと、糯米の蒸し上がるにおいが漂ってくる。おえんとおかやを小上がりに座らせて、手持ち無沙汰にうろうろしていたお花は両頰をぺしりと叩いてから調理場に入った。

お妙が蒸籠の蓋を取ると、甘い湯気が盛大に立ち昇る。

「お花ちゃん」

名を呼ばれ、お花は擂り鉢を構えた。

そこへお妙が、蒸籠の下に敷いてあった布巾ごと糯米を移す。蒸籠は全部で四つ。同じようにして、四つの擂り鉢に移し替えた。

「あちちち」、

指先を真っ赤に染めながら、糯米が粘りつく布巾を引き剝がす。これで下準備は終わりである。

「はい、ではこれを潰していきましょう」

擂り鉢を小上がりに運び、女四人で車座になった。擂り粉木で米の粒を潰してゆくのである。

「なんだか懐(なつ)かしいねぇ」

手元に擂り鉢を引き寄せて、おえんが目を細めた。

「かやがまだ腹の中だったときもさ、こうして『ぜんや』でおはぎを作ったよね」

「そういえば、そうでした」

お妙もまた、昔を思い出してふふっと笑う。

「お勝さんと、只次郎さんもいたねぇ。あの人はもう、仕事かい？」

「『春告堂(しゅんこくどう)』に来客があって、その相手をしています」

「ああ、そう。あの人もずいぶんしっかりしたもんだ」

どうやら『ぜんや』がこの地に移る前の話らしい。ならばお花はまだ出入りすらしていない。只次郎に至ってはなんと、浪人のように裏店住まいをしていたという。

きっとまだまだお花が知らない思い出を、二人は分かち合っているのだろう。少しくらいの諍(いさか)いがあっても、すぐまた元に戻れるわけだ。

羨(うら)ましいな。

そんなお花の気持ちを代弁するかのように、おかやが声を張り上げた。

「ええっ、ずるい！」

「なにがだい」

「お腹(なか)の中にいたんじゃ、せっかくのおはぎが食べられないじゃない」

そっちか。と、拍子抜けしてしまう。おかやの食い意地は筋金入りだ。

「まったく、誰に似たんだか」

おえんが自分のことを棚に上げて、肩をすくめた。

でもなんだか、頑なだったおかやの頬が少しばかり弛(ゆる)んだ気がする。「ほら、冷めないうちに」とお妙に促されて、お花は糯米に擂り粉木を押しつける。

おかやが座っているのは右隣。彼女もまた、むっちりとした手で擂り粉木を使っている。

面と向かい合わないほうが本音が言いやすいと、すでに学んだ。

「おかやちゃん、ごめんね」

作業の手を止めずに謝った。おかやも擂り粉木を振り下ろしながら、愛想のない問いを返す。

「なにが？」

「私、おかやちゃんに面皰が増えてるって言われて腹が立ったの。だから千寿ちゃんが来ても教えなかったの」

「なによそれ」

ぺったん、ぺったん。糯米の粒が均(なら)されてゆく。

「そんなの聞いてないよ。腹が立ったなら、そのときに言えばいいでしょ」

「だけど、後から怒りが込み上げてきたっていうか」

「鈍(にぶ)いのよ、お花ちゃんは。それで仕返しって、本当に意地悪じゃない」

「うん、だからごめん」

ぺったん、ぺったん。お花が黙ると、おかやも口を噤(つぐ)む。お妙とおえんが、成り行きを見守っているのが分かる。

やがておかやが小声で尋ねた。

「じゃあ、千寿さんのことが好きなわけじゃないのね？」

「うん。友達としては、好きだけど」

「ならもういいよ。その代わりアタシがもうちょっと大きくなって面皰ができたら、お花ちゃんだけは笑っていいから」

それは、遠回しに謝っているのだろうか。お花はちらりとおかやの餅肌に目をとめる。

「おかやちゃんは、できなそう」

「アタシも実は、そう思ってる」

「じゃあ駄目じゃない」

ふふっと失笑が洩れる。おかやもまた、えへへと笑う。

ぺったん、ぺったん。そろそろ頃合いとみて、お妙が声をかけてきた。

「はい、そこまで。あんまり潰すと全殺しになっちゃいますよ」

糯米の粒を、すべて滑らかに潰してしまうのが全殺し。その不穏な響きにお花とおかやは、今度こそ顔を見合わせて笑った。

半殺しにした糯米を俵形にまとめ、しっとりと炊いた粒餡で包んでゆく。大皿に、出来上がったおはぎがどんどん並べられていった。

その最中に、おえんもお花に謝ってくれた。「かやのことになると、すぐ頭に血が昇っちまって」と餡子まみれの手で鼻先を掻いたものだから、犬の鼻面のように赤黒くなって皆で笑った。

旨いものを作ろうというときに、人はいつまでもぎすぎすしていられない。力を合わせてたくさんのおはぎを作るうちに、どんどん気持ちがほぐれてゆく。おかやに至っては、はじめからわだかまりなどなかったかのように笑い転げていた。

そしてなによりの楽しみは、出来たてにかぶりつくこと。手を洗いお妙に番茶を淹れてもらってから、自分の分を一つずつ小皿に載せた。

「ああ、美味しい！」

真っ先にかぶりついたおかやが、落ちそうになる頬っぺたを押さえた。唇の端に餡子をつけて、うっとりと目を細める。

「あれっ、アンタのおはぎ、ずいぶん大きくないかい？」

「そうよ。わざと大きく作ったの」

「なんだい、ずるいじゃないか」

おえんがむきになるのも分かる。新豆で作った粒餡は瑞々しく、甘さの中にほんのりと紛れ込ませた塩味がさらに食い気をそそる。いくつでも食べられそうで、ついつい欲張ってしまう。

「たくさんありますから、持って帰ってくださいね」

お妙にやんわりと窘められ、おえんが剽げて舌を出す。

「おっ母さんたら、誰に似たんだか」

おかやがやり返し、またもや女たちの笑い声が弾けた。

「それにしても、おはぎという名に偽りなしだね」

おはぎを食べ終え、未練がましく指を舐めながら、おえんがふと土間に目を向ける。

つられてお花も、その視線の先を追った。

「ほら、なんとなく似てないかい？」

手桶に活けた萩の花が、土間にこぼれてこんもりとした小山を作っている。日蔭（ひかげ）ゆえ花の色は暗く沈み、小さな花弁の寄り集まった感じは、たしかに粒餡のおはぎのようだった。

五

竹の皮で編（あ）んだ小さな弁当箱に、おはぎを三つ詰める。

お花がお妙にした「お願い」は、おはぎ作りにおえんとおかやを呼ぶこと。それ以外にもう一つ、少しだけ余分に作らせてほしいということだった。

「じゃあ、行ってくる」

おえんとおかやは裏店に帰り、店に出す料理もあらかた作り終えた。お花は弁当箱に蓋をして、袖をまとめていた襷を外す。

「はい、気をつけてね」

これから店が開くというのに、お妙は快（こころよ）く送り出してくれる。昨日今日とあまり役に立てていないが、明日からまた頑張ろう。そう思える程度には、自分も図々しくなってきた。

小気味よく下駄を鳴らし、お花は日本橋を指してゆく。手ずから作ったおはぎを、食べてもらいたい人がいた。

変に思い詰めるところがあるから、どうせ一人じゃ息抜きなんてできやしないんだ。頭に浮かぶのは、兄のような男の面影。いつも助けてもらってばかりなのだから、こんなときくらい頼ってくれてもいいじゃないか。

「あれはたんに、格好をつけてるだけだよ」

お花が頼りないせいじゃないと、只次郎は言うけれど。じゃあいったい誰に、「つらい」と弱音を吐けばいいのだ。

大店が軒を連ねる本石町に、その店はある。薬袋をかたどった看板には、『薬種』の文字。広く取られた入り口の端から、お花はそっと中を窺ってみる。

座敷では手代と思しき男が、薬研で生薬を擂り潰している。用を言いつけられた小僧がその周りを走り回り、ずいぶん忙しそうである。目当ての顔は、その中には見つけられなかった。

困ったな。

熊吉が外回りに出ていて留守（るす）なのは、充分あり得た。だが店の主（あるじ）である俵屋の姿まで見えない。もしかして、奥の間に引っ込んでいるのだろうか。

知らない人に声をかけるのは苦手だ。なにせ親しい間柄（あいだがら）でも、言いたいことの半分も言えないのだから。俵屋さん出てきてくれないかなと、暖簾（のれん）のかかった向こう側を透（す）かし見るように首を伸ばす。

「なにか、ご用でしょうか」

「ひゃっ！」

奥を窺おうとしていたら、背後から声をかけられた。お花は文字通り飛び上がる。

見れば淡い格子縞（こうしじま）のお仕着せを着た小僧である。お花より、ずっと幼い。もしこれが年嵩（としかさ）の手代だったら、驚いて逃げ帰ってしまったかもしれない。

「あの、ええっと」

しどろもどろになりながら、お花はどうにか声を振り絞った。

「く、熊ちゃんいますか」

いけない、愛称で呼んでしまった。お花が訂正する前に、小僧はにっこりと笑う。

「手前どもの、熊吉のことでしょうか」

「は、はい」

畏れ入った。さすがは俵屋、しつけが行き届いている。お花は感心して、自分より三つや四つは下であろう幼い顔を見下ろした。

「あいにく今は出ておりまして。でも間もなく昼時ですから、食事に戻ると思います」

なんだ、それなら待っていよう。お花はぱっと顔を輝かす。

「分かりました。ありがとう」

脇に避けて、俵屋の外壁にもたれかかる。もうすぐ九つ（昼十二時）の鐘が鳴るはずだ。そんなに時はかからないだろう。

「中で待たれては？」

小僧に勧められても、お花は首を横に振る。見知らぬ人に囲まれるより、一人で立っているほうが気が楽だった。

九つを過ぎると、外回りらしき手代がちらほらと帰ってきた。外壁に寄りかかっているお花を訝しげに見て、店に入ってゆく。

恥ずかしいので、面を伏せた。どうせ熊吉が戻ってきたら、あちらから声をかけてくれるだろう。

　ところが待てど暮らせど、熊吉はやってこない。ついには昼餉を終えたらしい手代が出てきて、荷を背負って歩いてゆく。午後の得意先回りに向かうのだろう。

　そうこうするうちに手代がまた一人、二人と江戸中に散らばっていった。どうなっているのだろうと、お花は再び店の中を覗き込む。

　もしや熊吉はお花に声をかけずに中に入ってしまったのだろうか。午後は外回りの用事がなく、そのまま店に留まっているとか？

　いいや、あのお節介焼きが、一人ぽつねんと立っているお花を見過ごすはずがない。

「こんなところでなにやってんだ」と、必ず話しかけてくる。ということは、帰ってきていないのだ。

　昼餉を食べに戻らなければ、そのぶんの暇ができる。だったら、もしかして——。

　今から向かっても、行き違いになるかもしれない。それでもお花は、弁当箱を抱きしめて走りだした。

　神田川を渡り、御成街道を駆け抜ける。『ぜんや』と『春告堂』が並んで建っているのを右手に見ながら通り過ぎ、人通りの多い上野広小路を避けて脇道に入った。目指すは長年、足を踏み入れていない町。溝と人糞と、獣のにおいが充満する町だ。獣など一匹もいなくとも、人は野放しにされると獣のにおいを発しだす。餓えて目をぎらつかせ、食欲以外のものをうち捨てる。北国の寒村でなくとも子は売られ、昼夜を問わず叩かれる。

人は人として踏みとどまらねば、簡単に獣に堕(だ)する。文字の読み書きもできず空きっ腹を抱えていたお花も、きっと獣だったのだろう。

行きたくないと、足取りが鈍る。肉を焼く煙草のにおいが蘇り、手と足がチリチリする。呼吸が苦しいのは、ただ走ってきたせいばかりではないはずだ。

けれどもあの町に、熊ちゃんがいるかもしれない。

寺院が建ち並ぶ抹香(まっこう)くさい下谷車坂町(くるまざかちょう)を、お花はよたよたと歩いてゆく。今思えばあの町は、周りを寺に取り囲まれていたのだ。救済から見放された人々は、なにを求めてあそこに集まってゆくのだろう。

寺の土壁の陰になって、向こうから長軀(ちょうく)の男が近づいてくる。お花はその場で足を止めた。息が苦しくて、喉の奥でぜろぜろと音がする。どうやらあちらも、お花に気づいたらしい。

小走りに駆け寄ってくる熊吉は、藪入りのときよりさらにやつれていた。

「なにしてんだ、こんなところで」という台詞(せりふ)は、そっくりそのまま返してやりたい。いくら、いなくなった小僧さんのことが心配だからって――。

「熊ちゃんの、大馬鹿！」

息も整わぬうちに叫んだら、盛大にむせた。「おいおい」と、熊吉が背中をさすってくれる。涙が次から次へとあふれ出てきた。熊吉ときたら、いつだって優しい。

咳が治まるのを待ってから、弁当箱をその鼻先に突きつけてやる。

「お団子が、先でしょう！」

訝しげに弁当箱を受け取った熊吉が、蓋を開けて首を傾げる。

「いや、団子じゃねぇよ」

走ってきたから、形が少し悪くなってしまったかもしれない。中身がおはぎであることは、百も承知だ。

「違う。ええっと、こういうのなんて言うの」

「もののたとえ？」

「それ！」

もどかしい。熊吉を叱ってやりたいのに、ものすごく怒っているのに、するりと言葉が出てこない。

お花はずずいと熊吉に詰め寄った。

「食べて」

「は？」

「三つとも、全部食べて」

「ここでかよ」

　もちろんだ。見ていてやらないと、危なっかしくってしょうがない。

「とにかくお団子が先なの。なにもかも、お腹いっぱいになってからなの。今の熊ちゃんじゃ、尋ね人を見つけたって逃げられちゃうんだから」

　そんな、立っているのもやっとのような顔をして。人より体が大きいくせに、昼餉を抜いてまでなにをしているのか。

「兄ちゃんに聞いたのか？」

「ううん、俵屋さん」

「ああ、それじゃあ文句も言えねぇや」

　熊吉が、頬を力なく弛めて笑う。お花はその場で足を踏み鳴らした。

「違う。文句を言ってるのは私でしょう」

「分かった、悪かったよ」

　降参と言いたげに肩をすくめると、熊吉は寺の壁にもたれて座った。お花もその隣で膝を抱える。おはぎはやはり、少しひしゃげて片側に寄っていた。

「これ、お前が作ったの？」

「そう。お妙さんとおえんさんと、おかやちゃんも」

「そりゃあ贅沢だ」

着物の腰で手指を拭い、熊吉がおはぎにかぶりつく。大振りのおはぎが、ひと口で半分ほどもなくなった。

「うん、旨え！」

食べてみると、体が空腹を思い出したらしい。あとの半分もするりと腹に収め、熊吉は次の一つを手に取った。

心を込めて作ったものを褒められると、なんだか面映ゆい。お花はもじもじと裸足の親指で下駄の鼻緒を撫でる。

「あのね、私おかやちゃんと喧嘩してたんだけどね。おはぎを作って、仲直りできたの」

「そうか、お前も友達と喧嘩できるようになったか。上等だ」

「いいことなの？」

「少なくとも、お前にとっちゃな」

よく分からない。友達とは、仲良くできたほうがいいに決まっている。

「熊ちゃんにとっては？」

「俺は、喧嘩になる前に逃げられちまったからな」

熊吉は二個目のおはぎもするりと飲み込み、自嘲気味に笑った。

俵屋から聞いていたのとは、事情が少し違うようだ。小僧は熊吉と喧嘩をして店を飛び出したのではなかったのか。

「あいつとは思いっきり、喧嘩をしてぇよ」

「じゃあ熊ちゃんは、喧嘩するために人探しをしてるの？」

「そうなるかもな」

「変なの」

はははと、乾いた笑い声が隣で起こる。熊吉は気持ちいいほど鮮やかに、三個目のおはぎも平らげた。

「ありがとよ。おかげで腹が、ちょっとあったまってきた」

「でしょう」

それは、心があったまるのと同じこと。お花はすぐそこにあるはずの、彩りのない町を思い浮かべた。

「お腹がいっぱいになるとね、草花が綺麗に見えるよ」

茸（きのこ）汁（じる）

一

夢とうつつの境目をたゆたうこともなく、ぱっちりと目が覚めた。

あたりはまだ薄暗く、同室の小僧たちの寝息が聞こえる。それでも充分寝足りたと、熊吉は布団に半身を起こして伸びをした。

江戸っ子が熱狂する神田祭も終わってしまった、長月二十日。お店者には祭りを楽しむ余裕などなく、財布の紐が緩んだ客たちに急かされ、ただひたすら気忙しいだけの日々であった。

その疲れが出たのだろうか。昨日は夕方ごろから急に寒気がしだして、これはまずいと悟った。狭い部屋で複数人が寝起きをする奉公人は、風邪などのうつる病に弱い。一人が寝込めばどんどん広がり、下手をすれば店を開けるのもままならなくなってしまう。

そんなことになっては大変だ。だから熊吉は夕餉も取らず、生姜湯を飲んで宵の口から床に入った。

その甲斐あってか、寒気もだるさもすっかり引っ込み、むしろ調子がいいくらいである。こんなにも清々しい目覚めは、ずいぶん久しぶりなことのように思えた。

熊吉は布団の下をまさぐり、小さな巾着袋を取り出した。中に入っているのは薬である。腹がしつこく痛み、薬売りから買った反魂丹でごまかしていたのを、旦那様に見咎められたのが七月のこと。

「脾胃気虚ですね」

後日旦那様は熊吉を部屋に呼び、脈と舌を診てそう断じた。

「しばらくはこの薬を日に三包飲みなさい。なぁに、遠慮はいらないよ。そのぶんきっちり、お前さんの給金から引いときますからね」

そんなわけで、残りが少なくなってくると「もう少し飲んどきなさい」と追加の薬を手渡される。給金が雀の涙ほども残らないのは辛いが、どのみち衣食住は俵屋が世話してくれているのだ。

奉公人が病になったところで、薬を都合してくれる主人など江戸中を探してもそうはいまい。薬種問屋という商売柄ではあるが、実にありがたいことだった。

布団を畳むのは後回しにして、熊吉はするりと奉公人が住まう長屋を出る。井戸の水も、冷たくなってきたものだ。しぶきを飛ばして顔を洗ってから、長柄杓に直に口をつけて薬を飲んだ。

安中散加茯苓。皮肉にも数ヵ月前この井戸端で、長吉相手に問題を出した薬である。あのとき長吉は寝惚けていて、薬の名の中に含まれている茯苓を答えられなかったんだっけ。

友と慕った男の顔を思い出すと、ましになってきた腹がしくりと痛む。医者の見立てに頼らずとも、気苦労からくる痛みであろう。長吉のことを考えずにいれば、腹痛も忘れていられた。

一日三包と言い渡された薬も、今では一包で充分だ。それでも熊吉は巾着袋を、肌身離さず懐に忍ばせている。薬をすり替えられた経験から、用心深くなってしまったのだ。

オイラだってもう、同輩を疑いたくないんだけどな。

人が腹の中でなにを考えているかなんて、本当のところは分からない。「熊吉さん」と慕い気遣ってくれる小僧たちだって、笑顔の裏でこっそり舌を出しているかもしれないのだ。

なんて、考えすぎだってことは分かってんだが。

長吉の裏切りのせいで、人を信じきれなくなってしまった。人と接するのが好きだったがゆえに、この置き土産はかなりこたえる。

ざりっ。下駄が小石を踏む音がした。

顔を上げると朝靄の中、近づいてくる人影がある。

身丈の高さから、相手のほうが先に熊吉に気づいたのだろう。ちっという、舌打ちが聞こえてきた。

「ああ、おはようございます」

熊吉に対してそんなあからさまな態度を取る者は、一人しかいない。でこっぱちな風貌がだんだん明らかになってきて、熊吉は軽く腰を折った。

元手代頭の、留吉である。熊吉を陥れようとしたかどで役を解かれ、いまだに下男のような仕事をさせられている。その手には、使い込まれた鉈が握られていた。

「薪割りですか。手伝いましょう」

「うるせぇ、近寄るんじゃねぇ」

留吉は、熊吉への嫌悪を隠さない。これほどはっきり嫌われていれば、腹の底を探る必要がなくって楽だ。近ごろはこの留吉に、親しみのようなものさえ覚えはじめている。

「祭りが終わって、朝晩が冷えるようになってきましたねぇ」

「だから、話しかけんじゃねぇよ」

嫌われてる相手のほうが安心だなんて、オイラもずいぶん歪(ゆが)んじまったもんだ。

その歪みはおそらく、留吉にもある。手代頭から落ちぶれて以来、結託していたはずの他の手代たちは、とばっちりを恐れて近寄ってこない。小僧たちからも遠巻きにされており、進んで声をかけるのは熊吉くらいのもの。そのせいか、言葉は邪険でも本気で追い払おうとはしてこない。

オイラたちはお互いに、寂(さび)しいんだろうなぁ。

口には出さないが、そう思う。嫌いな奴(やつ)と一緒でも、一人ぼっちよりはましなのだ。

なんとなく立ち去りがたくて、しゃがんで薪割りをする留吉をぼんやり眺める。薪の木目に沿って鉈の刃を入れ、台にコンと打ちつけて割る。ずいぶん手馴(てな)れてるなと思っていたら、あちらから声をかけてきた。

「お前、まだ長吉を探してやがるのか」

さっき、自分で話しかけるなと言ったのに。

なんて、野暮(やぼ)に蒸し返すことはしない。

熊吉は、「はぁ」と歯切れの悪い返事をした。

探すといっても、外回りのついでに無宿人が寝起きしていそうな町や橋の下を覗(のぞ)く程度のもの。もしかすると内藤新宿、品川、千住といった宿場町に紛れ込んでいるのかもしれないが、そこまでは足を延ばせない。あるいはもう、江戸から遠く離れてしまったものか。長吉の足跡は、依然として知れなかった。

「これから寒くなるってのに、どこ行っちまったんだろうな。逃げる先があるなら、俺だって行きてぇよ」

留吉がぽつりと本音を洩らす。

奉公人は、帰れる場所がある者ばかりではない。たとえば熊吉はすでにふた親がないし、長吉だって家が貧しい上にまだ幼い弟妹がいた。きっと留吉も似たり寄ったりなのだろうと、薪を割る手つきを眺める。だからこそ待遇が悪くなっても、こうして俵屋にしがみついているのだろう。

「だったら下手なことをしなきゃよかったのに」

「うるせぇ。これだからお前は嫌いなんだ」

留吉が鉈の刃をこちらに向け、振りかぶる。脅しだと分かっていたが、熊吉は「くわばらくわばら」と首をすくめて、井戸端を後にした。

足元が、ずいぶん明るくなってきた。長屋に向かって歩くうちに、他の奉公人たちが起きだしてきた気配が伝わってくる。今日も騒がしくなりそうだと思っていたら、ちょうど水汲み桶を手にしたおたえと行き合った。

「あっ」と、気まずそうに一歩引かれるのにはもう慣れた。

七月の大雹が降った夜以来、おたえは熊吉と顔を合わすたびに申し訳なさを全身からほとばしらせる。気にするなと言ってやっても恐縮するばかりだから、熊吉はもはや態度については触れないことにしていた。

「おはよう、おたえさん。水汲みかい。手伝おうか」

「いいえ。その、気にしないでください」

おたえは首を振り、まるで水汲み桶を守るかのように胸に抱える。水が冷たくなってきたせいか、早くも手には皹ができていた。

この人も、肩身が狭そうだ。あの夜の流血騒ぎを受けて、おたえは「ご迷惑をおかけしました」と暇乞いをしたらしい。それを引き留めたのは、若旦那である。

「だって、あまりにも可哀想じゃありませんか。そもそもは、店の使いで帰りが遅くなったせいですよ。辛い思いをさせて悪かったと、こちらが謝らなきゃいけないくらいです」

そう言って、旦那様にもおたえの慰留を求めていた。

お蔭でおたえは前と変わらず、俵屋の女中として勤めている。さぞかし、やり辛かろう。なにせあの騒ぎのせいで、見知らぬ男から乱暴を受けたことを店中の者に知られてしまった。

もちろん皆知らんぷりはしているが、女の身にはどれほど恥ずかしく、居たたまれないことだろう。それでも歯を食いしばって働いているのは、おそらくおたえにも、帰れる場所がないからなのだ。騒ぎを起こして暇を出されたとなれば、次の奉公先を見つけるのも難しくなる。

奉公人なんて、そんなもの。皆浮草の上に、どうにか立って生きている。足の置き場を誤れば、すぐさま滑って池へドボンだ。どんなに面目を失おうとも、縋りついて持ちこたえなくてはならない。

「分かった。それじゃあな」

おたえに対する同情を悟られぬよう、熊吉は努めて明るくそう言った。

立ち去ろうとした背中に、「あの」と小さく声がかかる。

「粥でも、炊きましょうか。あまり、調子がよくないなら」

昨夜熊吉が飯も食べずに寝たことに、おたえは気づいていたのだろう。

ああ、そうだ。吹けば飛ぶような身であっても、支え合えば少しくらいは重くなる。

おたえの気遣いが嬉しくて、自然と口元がほころんだ。

「いや、もう大丈夫。ありがとよ」

控えめに頭を下げて、おたえは用を済ませるために歩いてゆく。自分がしんどいときに、人を心配できるのは根っからの優しさだ。

オイラにもっと長吉を気遣ってやれる優しさがあれば、こんなことにゃならなかったのかな。

近ごろは人の美点に触れるたび、そんなことを考えてしまう。

今さら悔やんだところで、どうにもならないってのに。

腹にまた痛みが差し込みそうな気配がして、熊吉は「やめだやめだ」と首を振った。

明けかけた空には鱗雲。これは、明日明後日には雨がくるかもしれない。

この先は、雨が降るごとに寒くなってゆく。せめて暖が取れるところにいればいいがとかつての友を案じつつ、熊吉は同居人が一人減った部屋へと戻った。

二

四ツ谷御門を出てしばらくゆくと、そこにも貧しい者が身を寄せ合って暮らす町がある。

周りを急な坂に囲まれて、谷底のようになった土地だ。雨でも降れば、さぞ水はけが悪かろう。

四ツ谷塩町の薬屋に届け物があった熊吉は、ついでにそちらへと足を延ばした。

はじめての訪れではない。このふた月で、三度ほど来ている。

すっかり顔見知りになったおかみさんたちに「またあんたかい」と呆れられ、襤褸を纏った子供が「遊んどくれ」と足元にまとわりついてきた。

それでも長吉らしき者の姿はおろか、噂すら聞こえてこない。話を聞かせてもらった礼にと懐に飴を忍ばせておいたら、それ欲しさに子供たちに嘘をつかれた。

「お探しの男なら、オイラたちたぶん知ってるよ。そこの角で立小便をして、西へ向かって歩いてった」

「本当かい。熊のような大男なんだが」

「うん。兄ちゃんよりまだ大きかった！」

長吉は、悲しいかな小男だ。でまかせなのは明らかだったが、熊吉は懐の飴を袋ごとくれてやった。いつから湯に入っていないのか、子供たちは薄汚れて饐えたようなにおいを発していた。

きりがねぇな。

長吉はもう江戸にいないかもしれないのに、いつまでこんなことを続ける気だ。己に問いかけてみるも、答えは出ない。まだ江戸に留まっているのなら、必ず見つけだしてやりたかった。

「オイラは昔から体が小さくってさ、隠れ鬼が得意だった。あんまりうまく隠れるもんで、友達が諦めて帰っちまうくらいだ。でもさ、見つかるまいとして隠れてるってのに、見つけてもらえなかったらつまらないんだよな。不思議なもんさ」

そんなふうに笑っていた、幼いころの長吉が思い出される。

子供の遊びとは違うと分かっていても、熊吉にはなぜか、長吉が細い膝を抱えて迎えを待っているような気がしてならなかった。

しょうがねぇ。日を置いて、また来るか。

帰りがけに麴町と九段下の薬屋へ寄って、今日の外回りは仕舞いである。日本橋へと向かう慣れた道が、やけに遠く感じられた。

ああ、そうか。腹が減ってるんだ。

少し前までは昼を抜いても空腹を覚えなかったのに、腹具合がよくなってきたのか、だんだんと食い気が出てきたようだ。

「お団子が、先でしょう!」

足を踏み鳴らして怒るお花の真っ赤な顔が頭に浮かび、熊吉はふふっと笑みを洩らす。

おっしゃる通りだ。あの娘も料理を教わるようになって、食べることの大切さが分かってきたらしい。

しかもめっきり涼しくなって、食べ物が旨い季節である。熊吉はふと、道端に出ている焼き芋屋の屋台に目を留めた。

看板に『八里半』とあるのは、栗(九里)に近い旨さという洒落である。焙烙の中でじっくり炙られている芋の香ばしいにおいが鼻先をくすぐり、ずいぶん久しぶりに腹が小さく鳴った。

しかしまぁ、買い食いってわけにもいかねぇしな。

熊吉が着ているのは、俵屋のお仕着せだ。人通りの多い道端で芋など頬張っていては、「おや、あそこの奉公人が」と後ろ指をさされかねない。世の中には、そんなことが気になって仕方のない者が必ずいるのだ。

夕餉まで、辛抱するしかねぇか。

腹が空きすぎても痛むのだが、我慢するしかない。そう思い切ろうとした、そのときのこと。

「おや、熊吉じゃないか。今帰りかい」

気さくに声をかけ、一人の男が近づいてきた。彼を見てうぇっと息を詰めてしまうのは、もはや癖（くせ）である。

「ちょうど私も、俵屋に寄ろうと思っていたんだ」

そう言って隣に並んだ只次郎（ただじろう）は、黒紋付きに羽織（はおり）姿。ずいぶんあらたまった装（よそお）いである。

「なんだよ兄ちゃん、その格好」

「ああ、ちょっとね。お前こそ、こんなところに立ち止まってなにを――」

只次郎はきょろりと目玉を動かし、焼き芋屋の屋台でぴたりと止めた。

「芋か。そりゃあいい」

大喜びで、屋台に向かって駆けてゆく。熊吉は慌ててその後を追った。

「おかみさん、二つおくれ」

「ちょっと、兄ちゃん」

「なんだよ。お前も食べるだろう？」

只次郎の呼びかけに応じ、屋台のおかみが焙烙の蓋（ふた）を取る。むわりと立ち昇った湯気と甘い香りに、思わず知らず喉が鳴った。

「でもほら、オイラお仕着せだから」

「なんだい、私の奢りの芋が食えないってぇのかい」

「いや、なに言ってんだよ」

とそこへ、むっちりと太ったおかみさんが口を挟んできた。

「そうだよ、お兄さん。旦那の厚意を断っちゃ、かえって失礼ってものさ」

どういうわけだか今日の只次郎は身なりがいい。そのせいで、どこぞのお店の旦那と思われているようだ。

「そう、まさにその通り。ああ、おかみさん。そっちの肉づきのいいのにしておくれ。それそれ、おかみさんの腕みたいに色っぽいやつ」

うんうんと頷いて、只次郎ときたら調子のいいことをまくし立てている。本当は、熊吉が芋を食べたがっていたことを見抜いているに違いない。

まったく、食えない兄ちゃんだぜ。

おかみさんが火箸で挟んで差し出してきた焼き芋を、只次郎は「ここに置いておくれ」と手拭いを広げて受け取っている。

「あちちち。ほら、お前も手拭いを出しなさい」

早く早くと促され、熊吉は苦笑いをしながら懐をまさぐった。

「ああ、助かった。昼飯をすっかり食いっぱぐれてしまってね、ひもじい思いをしていたんだよ」

俵屋がある本石町の通りを歩きながら、只次郎は満足げに腹を撫でている。

さっきは熊吉の立場を気遣ってくれたのかと思ったが、案外自分が芋を食べたかっただけなのかもしれない。そのあたりを曖昧にさせて、奢られた側に恩を着せないのもまた算段か。

この男ときたら、近ごろますます底が知れない。

「いらっしゃいまし。旦那様なら、奥の間です」

「そうかい。いつもありがとう」

しょっちゅう出入りしているせいで、俵屋の小僧にまですっかり一目置かれている。なんでも熊吉が留守の折に帳面の間違いを指摘したことがあったらしく、「算盤を使わなくてもするすると正しい数を答えてゆくんですよ」と、小僧たちを感心させていた。

勝手知ったるもので、只次郎は草履を脱ぐと案内も請わずに奥へと向かう。熊吉は背負っていた荷を下ろし、中身を整理しはじめた。

ええっと、注文を受けた分以外にも、余計に持ってった甘草や白朮なんかが出たから——。

どの店になにがどれだけ売れたか、番頭に告げて帳面につけてもらう。これを元に盆暮れの掛け取りをするのだから、間違えてはいけないところだ。慎重にやり取りをしていたら、なぜか只次郎が奥の間から戻ってきた。

「熊吉、俵屋さんがお前も来なさいって」

なんだろう。番頭に「行ってこい」と追っ払うように手を振られ、後は任せることにした。

三

奥の間はさほど広くもない上に、旦那様が薬作りにかまけているせいで、店の中よりも生薬のにおいがこもっている。今も旦那様は薬研を使っており、只次郎と熊吉が揃って畳に腰を下ろしても、手を止める素振りを見せなかった。

書物や数々の生薬、出来上がった試し薬の包み、秤や乳鉢といったものがそのへんに散らばっており、物を勝手に動かされては困ると女中を入れないものだから、埃っぽくもある。近いうちに旦那様を説き伏せて、部屋の掃除をしなければ。説得役は、若旦那に頼むとしよう。

小僧のうちの誰かが知らせたか、女中が茶を運んでくる。乱雑な部屋は、大の男が三人座ってしまうと足の踏み場もない。熊吉は立ち上がり、戸惑う女中から鎌倉彫の丸盆を受け取った。

もちろん熊吉の分はない。緑鮮やかな煎茶を膝先に置いてやると、只次郎はさっそく湯呑を手に取った。

ひと口啜り、大袈裟なくらい深く息を吐く。

「ああ、生き返る。これでやっと、魂が戻ってきましたよ」

今までどこに行ってたんだと思ったが、立場をわきまえ黙っておく。このときだけは旦那様も薬研を使う手を止めて、「さぞや、お疲れでしょう」と只次郎をねぎらった。

「毎度のことながら、生きた心地がしませんよ。なんだってあのお方の呼び出しは、いつも大久保の下屋敷なんでしょうね」

茶を吹き冷ましながらの愚痴を聞き、熊吉もぴんときた。只次郎はおそらく、一橋様のお屋敷から戻ってきたのだ。

どうりで、紋付きなんか着てるはずだよ。

「あのお方」と呼ばれる人物は今年になって隠居したらしいが、今なお政に干渉し続けているという。事実上の、天下人だ。本来なら影すら見えぬ相手だが、なんの因果かお妙のふた親の仇であるという。

子供のころはそうと知らなかったから、はじめて鶯指南の依頼が入ったとき、「兄ちゃんの名も高まったもんだ」と熊吉は喜んだ。まさか散々に脅されて、泡を食って走り帰ってくるとは思いもしなかった。

もう二度と、あのお方とは関わり合いになるまい。敵のあまりの大きさに、お妙も只次郎もそんなふうに腹を固めた。だがあちらは、そう易々と忘れてはくれなかったようだ。

「鶯の鳴きが悪いゆえ、様子を見よ」

二年近くが経ち、平穏にもすっかり慣れたころに、かの方からの依頼が再び舞い込もうとは。馴染みの旦那衆も、これには泡を食ったという。

それ以来只次郎は年に一度か二度、大久保の下屋敷に呼びつけられている。ルリオ調の鶯だって、何羽も献上したはずだ。

「ま、ただの嫌がらせなんでしょうけど。大事な妻の親の仇に、いいように使われてる男が面白いんでしょうねぇ」

いつも飄々（ひょうひょう）としているから分からないが、只次郎はさぞかし胃の痛い思いをしていることだろう。珍（めずら）しく疲れたように瞼（まぶた）を伏せる。

しかしその一瞬後には、「でもね！」と勢いよく膝を叩（たた）いた。

「今日こそやってやりましたよ。龍気養生丹（りゅうきようじょうたん）、しっかり注文を取ってきましたとも！」

「おお、それはそれは！」

旦那様も、一緒になって顔を輝かせる。

廉価（れんか）版とは違い、お歴々向けの龍気養生丹は成分がはっきりしている。ならば廉価版の完成を待つ必要はあるまいと、つき合いのある大店や大身（たいしん）旗本、大名家などに少しずつ流通させていた。

一橋家にも、只次郎が前から働きかけていたそうだ。俵屋印の、精力剤。出所の怪しい薬ではないと知り、あのお方も興味を持ったのだろう。

「どこの家でも、お世継ぎ問題は大事ですからねぇ」

なにせご子息がそれぞれ将軍家、一橋家、田安（たやす）家のご当主でしょうと、只次郎は指折り数え上げてゆく。

その他にも、清水(しみず)家に送り込もうとして失敗した息子までいるらしい。あまりにも欲得ずくな手腕に、熊吉は思わず「うげっ」と顔をしかめた。

「ちょっと待てよ。これ以上『あのお方』の血を栄えさせてどうすんだよ」

しかも龍気養生丹は、元はお妙の父の薬である。旦那様の前というのに、驚いてつい生意気な口をきいてしまった。

「いいんだよ。きっと秀(ひで)さんなら、できるかぎりお上の金をむしり取れと応援してくれます」

旦那様は不作法な奉公人を叱(しか)りもせず、にやりと笑う。秀さんというのが、お妙の亡き父である。

熊吉の代わりに、深く頷いたのは只次郎だった。

「そうです。お武家様の血筋なんざ、下々の与(あずか)り知らぬこと。我々商人はただ、栄えてるところからより多く取ればいいんです」

自分も武家の血筋のくせに、なんとも割り切ったことを言う。

おかしなものだ。旗本の次男坊だった男に、商いの心得を説かれるなんて。それだけこの世の中が、変わりはじめているということかもしれない。

もしかすると只次郎が常々言っているように、いずれは商人が世を牛耳(ぎゅうじ)る時代がくるのではあるまいか。そんな予感に、脇腹がぞっと震えた。

「そんなわけですから俵屋さん。ひとまずは龍気養生丹を百袋、一橋家に納めてもらえますか。上屋敷のほうでいいそうです」

「分かりました。はじめは私が参りましょう」

お歴々用の龍気養生丹は、一袋一分という取り決めになった。百袋ならば、二十五両。庶民からすれば、ひとまずという値ではない。

本当に、子をたくさん作らせたいんだな。

一橋家の勢いを思い知ると同時に、まだ満足できずに栄えんとする業が透けて見える。

どれだけの富と名声を手にしても、報われなそうなお人だ。

なぜだか熊吉は、餓えと渇きに苦しみ続ける餓鬼の姿を頭に思い描いていた。

それにしても、自分はなぜこの場に呼ばれたのか。

あらたまって座っていると、だんだん足が痺れてくる。控えめに体の重心を変えながら、熊吉は首をひねった。

平手代の身では、一橋家の御用を任されることはないだろう。お妙や只次郎とは旧知であるから多少の事情は知っているが、本来なら奉公人に聞かせる話ではないはずだ。

まだこの後になにかあるのかと身構えていたら、旦那様が薬研で擂り潰した生薬を乳鉢に移しながらこう言った。

「そうそれから、廉価版のほうもどれを売るか決めましたよ」

ついにと、熊吉は身を乗り出す。

成分を少しずつ変えた四種の試し薬を知人や魚河岸の男たちに配り、評判を聞いてきた。『参』と『肆』は他の二つに比べて効きが悪いとのことで早々に切り捨て、『壱』と『弐』でどちらにするか決めかねていたのだ。

それが、ようやく定まったという。

「『弐』でいきます」

試し薬の成分は、熊吉も頭に入れてある。『弐』といえば――。

「海狗腎と驢腎と鹿茸を省いて、鹿角を加えたものですね」

海狗腎と驢腎はそれぞれ膃肭臍と驢馬の陰茎及び睾丸、鹿茸は鹿の生え変わったばかりの幼い角を指す。いずれも希少で高価なため、代わりに鹿の成長した角である鹿角を混ぜている。

お歴々向けの龍気養生丹とは効果のほどは比ぶべくもない代物だが、駕籠にも乗らず走り回っている下々の男たちは元々体が強い。この組み合わせでも、充分に効くようだ。

「そうです。それでまぁ、いつまでも廉価版と呼ぶのもなんだから、お歴々用とは名前が区別できればいいんですが」

「だったら意味は同じですが、龍気補養丹としてはどうでしょう」

こういう思いつきは、只次郎が早い。旦那様の問いかけに、打てば響くような答えが返る。

「ふむ、いいですね。お妙さんに聞いてみて、許しが出ればそうしましょう」

亡き父に由来する薬の名を、勝手に変えられるのは嫌かもしれない。お妙の心情にまで配慮して、旦那様が頷き返す。

そしていよいよその眼差しが、熊吉へと向けられた。

「さてそれで、あとの売りかたは若旦那に任せようと思っているんだが。熊吉、お前もそれを手伝いなさい」

「ええっ！」

以前から奉公人の間では、新しい薬は熊吉に任されるのではないかという噂がまことしやかに流れていた。もちろんそんなことはなく、任されるのは若旦那だ。でもまさかその補佐に、抜擢されるとは思わなかった。

「とんでもない。私は手代の中では一番の下っ端で――」

「言われずとも分かっていますよ、そんなことは」

それもそうだ。奉公人の進退を決めているのは、旦那様だ。

「でも、年嵩の手代がなんと言うか」

「それは誰です？　留吉はあんなことになってしまったし、繰り上げで手代頭になった末吉は流されやすくてどうも頼りない。この抜擢に、文句をつける者はいないでしょう」

そのとおり、留吉がすべての責を負わされ罰されてからは、他の手代たちに元気がない。「誰それも加担していました」と告げ口されるのを恐れ、熊吉の顔色を窺うように接してくる。今さらその重用を妬み、嫌がらせをしてくるほどの気概はあるまい。

「売り出す時期から宣伝のしかた、委託先を作るならどこがいいか、とにかくあらゆることを考えてもらいますからね。言われたことしかできない者では困るんです」

それはまた、荷が重い。手代一年目の仕事とは思えない。

黙り込んでしまった熊吉に、旦那様は珍しく声を尖らせた。

「まさかできないわけはないでしょう。なんのために子供だったお前を、『春告堂（しゅんこくどう）』に遣（や）ったと思うんです」

　分かっている。奉公人である熊吉が、主人の意向に逆（さか）らえるはずもない。十三のとき『春告堂』を開いたばかりの只次郎の元へ、「見聞を広めておいで」と手伝いに出された。あれは商い指南を間近に見て、いろはを身に付けてくるようにという計（はか）らいだった。

　そんな異例の采配（さいはい）は、他で聞いたことがない。つまり旦那様はそれだけ熊吉に目をかけてくれたのだし、今こそその期待に応（こた）えるときなのだった。

　身に過ぎた役目でも、命じられたからには精一杯やるしかない。返事をしようと、熊吉は居住まいを整える。

　だが口を開くその前に、廊下（ろうか）から声がかかった。

「失礼します。あの、店にお越しのお客様が、旦那様をお呼びなんですが」

　障子が開き、まだ幼い小僧が顔を出す。

　近ごろ旦那様が店に立つ機会はめっきり減ってしまったが、昔からの取引先ならば直に相手をすることもある。そういった客が訪れたのかと思いきや。

「はて。今日はどなたとも約束はしていなかったはずだがね」

旦那様はそう言って、首を傾げた。

小僧は恐縮したように肩をすくめ、おずおずと言い足す。

「それが、若い娘さんでして」

ならばますます、得体が知れない。俵屋の旦那様といえば、連れ合いに先立たれて以来女っ気がないことで有名だ。

「手前どもでお引き取り願おうとしたのですが、なにやら必死の形相で。熊吉さんの名前までご存知のようなので」

不用意な取り次ぎをしたと責められぬよう、小僧はつらつらと言い訳めいた言葉を並べ立てる。熊吉の頭に、一人の少女の顔が思い浮かんだ。

「娘の名は？」

「お花さん、というようです」

やはりそうだ。名を聞いて、只次郎が腰を上げかける。

「ああ、すみません。たぶん私の娘です」

「なら構やしません。ここに通しておやりなさい」

旦那様に案内を許されて、小僧はほっとしたように平伏し、下がってゆく。

それにしても、いったいなにがあったのか。あのお花が、旦那様を訪ねてくるなんて。

なんでも先日熊吉に手作りのおはぎを届けようと俵屋まで来たらしいが、見ず知らずの奉公人たちに気後れして中までは入れなかったという。そんな小心極まりない娘が、血相を変えて案内を請うてくるなんて。

不思議に思ったのは熊吉だけではないらしく、旦那様と只次郎もまた、意外そうに顔を見合わせていた。

四

俵屋ほどの大店に、足を踏み入れたのははじめてのことだろう。

先ほどの小僧に案内されてやって来たお花は、まるで我が身を恥じるように縮こまっていた。物珍しげに周りを見回すでもなく、場違いなのは分かっておりますとでも言いたげに顔を引きつらせている。

小僧が下がってゆくと、お花はようやくほっと息をついた。奥の間に旦那様のみならず、只次郎や熊吉まで控えていたのだ。慣れ親しんだ相手を前に、体の強張りが取れたと見える。

あらかじめ熊吉が、散らばっていた書物を脇へ寄せて場所を空けておいた。お花は勧められるままに、そこへすとんと腰を下ろす。

「これは珍しいお客だ。ようこそ、お花ちゃん」

「どうしたんだい。まさか、お妙さんになにか？」

只次郎は、旦那様ほど鷹揚に構えていられない。なにごともなければ、お花がここに来るはずがないのだ。来客用の茶もこぬうちから問いかける。

お花は「ううん」と首を振った。

「お妙さんは、心配してる。只次郎さんの帰りが遅いから」

一橋家の下屋敷に呼ばれて行ったのなら、さもありなん。良人は無事帰ってくるだろうかと、お妙は気を揉んでいるはずだ。大きな注文が取れて浮かれていたのか、只次郎は「ああ、すまない」と首の後ろを掻いた。

「早く帰ってあげて」

「分かった。じゃあ、お花ちゃんの用は？」

「うん、ええっとね」

言うべきことがまとまっていないのか、お花は口をつぐんでぎゅっと前掛けを握る。ちょうど茶が来たので膝先に置いてやったが、手に取ろうともせず難しげに考え込んでいる。

「あのね、茸売りのお爺さんが来たの。このへんでは、あんまり見かけない顔」

やっと喋りだしたと思ったら、要領を得ない。ちょうど茸が美味しい季節だ。江戸近郊から小遣い稼ぎの爺さんが、茸を売り歩きにくるのはなにも珍しいことではない。

「そのお爺さんを、お妙さんが慌てて呼び止めて聞いたの。着物をどうしたんですかって」

「ん？」

話の繋がりが見えなくて、熊吉は眉根を寄せた。お妙が茸売りを呼び止めたところまでは分かる。だが、なぜ着物が出てくるのだ。

「なんだそりゃ。爺さんは、裸で歩いてたってのか？」

「もう九月だもの。それはない」

冗談のつもりで尋ねたのに、お花は大真面目に首を振る。話が進まないからやめなさいと、旦那様が目配せを寄越してきた。

「それで、着物がなんだって？」

只次郎に水を向けられて、お花は「うん」と頷いて見せる。

「藍染の、格子縞の木綿だったの。熊ちゃんが着ているのより、薄いやつ」

「まさか――」

呆然として、熊吉は自分が着ている着物を見下ろした。

年季と立場によって色の濃さを変えてゆく、藍の格子縞の木綿は俵屋のお仕着せだ。

ある予感が、胸の中で膨れ上がる。膝の上で握った手が、じわりと汗ばんでゆくのが分かった。

大事なところをすっ飛ばしがちなお花の話をまとめると、こういうことだ。

帰りの遅い只次郎を心配して、お妙は頻繁に表の通りへ出て様子を窺っていたという。とそこへ、件の茸売りが通りかかった。

その爺さんが着ていたのは、どうも見覚えのある着物だ。薄汚れちゃいるが、熊吉が着ているのとよく似ている。

そういえば俵屋では、小僧が一人出奔したまま行方知れずになっていたっけ――。

おそらくそう思ったのだろう。お妙は慌てて茸売りを追いかけ、呼び止めた。

「その着物は、私の尋ね人が着ていたものとそっくりです。差し支えがなければ、出どころを教えてくれませんか」

機転を利かせて多少の嘘も交え、尋ねてみる。突然のことに爺さんは、口をぽかんと開けてお妙に見惚れた。

歳を取っても、男は男だ。天女と見紛わんばかりの美女に話しかけられ、舞い上がってしまったようだ。お蔭で口も滑らかになり、なにも疑うことなくぺらぺらと事情を喋ってくれた。

曰く着物は、たしかに人から譲り受けたものであるらしい。

なんでもお店者らしき若者が、着ている着物を取り替えてくれないかと声をかけてきた。なにやら訳ありと思われたが、長年身に纏ってきた襤褸が染み一つない縞木綿に化けるなら爺さんに否やはない。快く、頼みを引き受けてやったという。

「それは、いつごろのことでしょう」

「そうさなぁ。ああいつだったか、夜中にひどく雹が降ったことがあるだろう。その後だ」

それが翌日なのか二日後なのか、爺さんの記憶は曖昧だったが、ともあれ降雹の前でないことはたしかなようだ。

そこまで聞いて熊吉は、着物の合わせをぐっと握った。胸の鼓動がうるさかった。

「落ち着きなさい、熊吉。藍染の縞木綿なんて、べつに珍しいものではないのだから」

旦那様に窘められ、そのとおりだと己を納得させようとする。だが心の奥のほうは、「そんなよくできた偶然があるもんか」と叫び声を上げていた。長吉はあの夜、俵屋のお仕着せのまま身一つで飛び出して行ったのだ。

「おじいさんの着物、ほんの少しだけど俵屋さんや熊ちゃんと同じにおいがしてた。この部屋にこもってるのを、ずっとずっと薄くしたみたいな」

お花がそう言い足すのを聞いて、さしもの旦那様も神妙な面持ちになる。

部屋にこもっているのは、生薬のにおいだ。すっかり慣れてしまって自分では気づかないが、着物にもきっと移っているのだろう。

とはいえ、ふた月も前に取り替えられた着物である。まだにおいが残っているのかと疑わしくもあるが、お花は異様に鼻が利く。そのことは、旦那様もご存知だ。

「話を聞くかぎり、そのおじいさんは薬が買えるほど裕福とも思えませんね」

只次郎の意見に、熊吉は頷く。毎日薬を煎じて飲んでいれば、においが染みつくこともあるだろう。だが茸を売って暮らしの足しにしている爺さんに、そんな金はあるまい。

お花によれば、爺さんは小塚原のあたりから来ていたという。つまり日光街道第一の宿場町、千住宿の南端だ。もしや長吉はそこに紛れ込んでいるのではと、今すぐ飛んでゆきたい思いに駆られる。

「お爺さんには、茸をたくさん買うから明日もまた来てくださいと頼んであるの。昼四つ（午前十時）前には、来てくれるはず」

お妙とお花では、長吉の風体は分からない。より詳しく事情を聞き出すためにそういった段取りをつけ、俵屋に知らせてくれたのだ。

これでやっと、長吉の足取りが摑めるのか。

「旦那様」

熊吉は、縋るような眼差しを主人に向けた。

旦那様も、熊吉がかつての友を捜して町をうろつき回っていることは重々承知だ。決着がつく、よい機会だと思ったのだろう。

「いいでしょう。よく話を聞いてきなさい」

奉公人の我儘を受け止めて、ゆっくりと頷いた。

五

「いらっしゃい、熊ちゃん」

息を切らして店先に立つと、お妙が穏やかな笑顔で迎え入れてくれた。

翌日の、神田花房町代地である。

旦那様から許しが出たといっても、仕事に穴を開けるわけにはいかない。熊吉は朝早くから荷を背負い、昼までに回るつもりだった取引先の用をすべて済ませてから『ぜんや』に赴いた。

九月にしては暑いくらいの陽気だ。常に急ぎ足だったため、額から汗が流れ落ちてくる。手拭いを使いながら店に入ると、噂の爺さんはすでにおり、床几で出された番茶を啜っていた。

なるほどたしかに、着ているものは俵屋のお仕着せに見える。だが近寄ってみても垢じみたにおいがするばかりで、熊吉の鼻には生薬のにおいは嗅ぎ取れない。調理場から様子を窺っているお花の鼻は、いったいどうなっているのだろう。

爺さんは突然現れた長身の男に、警戒の目を向けてきた。だが似たような縞木綿を身に着けていることから、着物を譲ってくれた若者と関わりがあると悟ったようだ。

「ああ」と綻ばせた口元から、数本しか残っていない歯が覗いた。

「アンタかい。尋ね人について聞きたいってのは」

話が早いのは、お妙があらかじめ事情を説明しておいてくれたからだろう。

「そうだ。その着物の持ち主って奴を捜してんだ」

お妙が番茶を運んできてくれたので、熊吉は爺さんの隣に腰掛けた。向かい合っているよりも、茶飲み友達のようなこの並びのほうが話しやすかろう。

「それならもう、江戸にはいないんじゃあるまいか」

爺さんの枯(か)れた手が湯呑を摑む。歳のせいか、小刻(こきざ)みに震えている。

「どういうことだい」

「日光街道を一人でゆくから、追い剝(は)ぎに遭わないような着物がほしいと言っていた。だったらわしの着物がちょうどよかろうと、取り替えてやったんだ」

「なんだって」

驚きのあまり、なかなか止まらなかった汗が引っ込んだ。

長吉は、日光方面に頼るあてなどないはずだ。宿場町なら無宿者でも紛れ込みやすかろうから、せいぜい千住に留まっているものと考えていたのに。

「それはたしかかい」

「ああ。あんななりじゃどこの宿でも断られるし、賭場(とば)にも入れちゃもらえまい。さっさと江戸を後にしたんだろうよ」

爺さんはいったい、どれだけひどい格好をしていたのか。まるで他人事(ひとごと)のように

「ふぉっふぉっ」と笑っている。

「そいつの身丈は、どのくらいだった？」

「そうさなぁ」

熊吉が問いを重ねると、爺さんは湯呑を置き「よっこらしょ」と立ち上がった。

「たしかわしと、目の高さが同じくらいだ」

膝と腰が曲がり、爺さんの身丈は若いころより縮んだようだ。これと目の高さが同じなら、相手はずいぶんな小男である。

熊吉はさらに、相手の風貌（ふうぼう）について聞きだしていった。背格好だけでなく年格好、それから顔つきの特徴。爺さんの記憶にはところどころ曖昧な部分はあるものの、ほとんどが長吉と一致していた。

そうかお前はもう、江戸にはいねぇのか。

そんな予感は、あったのかもしれない。身一つで飛び出しても、長吉には生薬の知識がある。道端に生（は）えているのを採って売れば路銀になるし、顔が割れている江戸市中では無理でも地方ならば、薬屋に雇（やと）ってもらえることもあろう。

つまり気まずいしがらみがある江戸など捨ててしまったほうが、長吉にとっては生きやすいのだ。

分かった。お前はもう、オイラになんの言い訳もする気はねぇんだな。

許されたいと願うくらいなら、はじめからあんな愚行(ぐこう)は犯さぬ男だ。友と慕っていたのは自分だけで、長吉にとっては熊吉など、いつ切り捨ててもいい相手だったのか。

未練なんか、少しもなさそうに行っちまいやがって——。

ぴりりと手のひらに、痛みが走る。

一瞬遅れて熊吉は、拳を握りしめすぎていたことに気づき、手を開いた。

足に力が入らない。

お妙とお花に礼を言って、さっさと旦那様に報告をしに帰らなければ。

そう思うのに、爺さんが帰ったあとも熊吉は、ぼんやりと床几に腰掛けていた。

目の前に、懐かしい日の幻影が浮かぶ。まだ幼い長吉が、「よかった」と熊吉に縋りついてくる。

ああこれは、まだ俵屋に奉公に上がったばかりのころ。不埒(ふらち)な手代から逃れるために熊吉が店を飛び出し、見つけられて帰ってきたときのことだ。

「心配したんだよ」と長吉に抱きつかれ、熊吉も一緒になってわんわん泣いた。問題の手代はすでに辞めさせられており、お互いに無事でよかったと喜び合った。

「もう二度と、出てったりしちゃ駄目だからね」

「ああ、分かった。邪魔な奴らがいなくなったからにゃ、うんと励んで出世してやろうぜ」

「でも番頭には、一人しかなれないよ」

「なんだよ長吉、小せぇなぁ。暖簾分けだよ。いつか二人で、店を持とう」

「それはいいね。どっちが店主？」

「そんなのどっちでもいいよ。さてまずは、算盤をしっかり覚えねぇとな」

　思い返せば長吉は、気弱で控えめに見えて、実は出世欲が強かったのかもしれない。先輩ならともかく同い歳の熊吉に、少しでも差をつけられたくはなかったのだ。熊吉が手代に上がると同時に長吉の中では、友情の糸は切れていたのだろう。

　ちくしょう。長吉の馬鹿野郎。

　きりきりと、胃が痛む。そういえば今朝は大慌てで店を出たから、薬を飲み忘れている。

　熊吉は懐をまさぐった。薬の入った巾着袋が指先に触れる。お妙に頼んで、水をもらわなければ。

　そう思って顔を上げると、鼻先にふわりと温かい湯気が当たった。

「はい、熊ちゃん」

いつの間にか、正面にお花が立っていた。手にした折敷には、大ぶりの汁椀が載っている。

「あったまるよ」

『ぜんや』に着いたときには暑いくらいだったのに、汗が冷えて肌が冷たくなっている。熊吉は誘われるように手を伸ばし、折敷を受け取った。

さっきの爺さんが持ってきたものだろう。たっぷりの、茸汁である。

平茸、初茸、占地、栗茸、松露に網茸。山の幸がふんだんに入れられて、あとは葱をぱらりと散らしてあるだけ。滋養の深そうな、出汁の香りが鼻腔をくすぐる。

さっそく添えられた箸を取り、汁椀に口をつけた。ずずずと、醤油味の汁を啜る。

「ふわぁ」と、気の抜けたような息を吐いていた。

複雑に絡み合う、茸の風味。温かな汁がゆっくりと喉をすべり落ちてゆき、鳩尾に染み渡る。さっきまで熊吉を悩ませていた胃の痛みが、まるで不意打ちを食らったかのように鎮まっていった。

「ああ、旨ぇ」

腹の底からそう言って、洟を啜る。

汁があんまりあったかいもんだから、鼻水が出ちまうよ。ずずずず、ずびっ。ずずずず、ずびびっ。汁を啜ってるんだか洟を啜っているんだか分からなくなってきたころ、横からふいに浅草紙が差し出された。

「使うかい？」

仕事にでも行ったものと思っていた、只次郎だ。あまり大勢で囲んで爺さんを萎縮させてはいけないと、二階から様子を窺っていたのだろう。

「あたりめぇだ」

わざと乱暴に言い捨てて、熊吉は紙の束から一枚をむしり取る。

思う存分洟をかむと、肩からふっと力が抜けた。

そうか。オイラはもう、アイツを捜さなくたっていいのか。

長吉は、容易には手の届かないところに行ってしまった。隠れ鬼のつもりでいたのは、熊吉ばかりだ。

寂しい。寂しすぎて、なんだか腹が空きやがる。

胸の隙間を埋めるように、熊吉は汁を掻き込んだ。体に水気を入れたぶん、またぞろ鼻水が滲み出てくる。

傍らに置かれた紙をもう一枚拝借していたら、只次郎が隣に座った。

「しっかりしなさい。これから忙しくなるんだろう」

ああ、そうだった。旦那様から薬の売りかたを考えるよう言い渡されて、返事もしないままうやむやになっている。

旦那様の期待に、応えることができるのだろうか。たった一人の友すらも、失ってしまったような自分に。

「心配しなくても、私も商い指南としてつきますからね。若旦那様と、三人で考えていきましょう」

それなら少しは、心強い。そんなふうに感じてしまうところが、腹立たしくもある。

熊吉は浅草紙で顔全体を拭い、悔し紛れに悪態をつく。

「兄ちゃんは、気楽でいいよ。オイラなんか大きなしくじりをしたら、俵屋をおん出されるかもしれねぇのに」

只次郎は気を悪くしたそぶりもなく、「なぁに」と胸を張って見せた。

「そんときは、お前を『春告堂』で雇ってやろうじゃないか」

これだから、敵わない。

俵屋を飛び出した小僧のときは、たしかに帰れる場所など熊吉にはなかった。けれども今は、そうじゃないと気づかされる。只次郎だけじゃなく、お妙だって年に二度の藪入りには帰ってらっしゃいと誘ってくれるのだ。

腹の中に入った茸汁が、じんわりと手足を温めてゆく。

大事な友達を失っちまったが、だからってオイラはべつに不幸なわけじゃない。

だから神様仏様、これから寒くなってくけど、北へ向かったアイツが凍えたりしませんように。

遠くへ行ってしまったかつての友の安全を祈り、熊吉はもう一度洟をかむ。それからけろりとして言い返した。

「ヘン、それだけはご免だ。オイラは俵屋で、うんと出世してやるんだい」

身二つ

一

くつくつと、大鍋の中で南瓜が煮えている。

醤油と味醂の、甘辛いにおい。その湯気が、ありがたい季節となった。

神無月二十八日の、朝である。

二の亥の日に炬燵開きを済ませてしまうと、火の気がない部屋はことさら薄ら寒く感じられる。その点『ぜんや』の調理場は、暖を取るのに不自由しない。竈にも七厘にも、赤々と火が燃えている。

お花は七厘に網を載せ、椎茸を炙っていた。裏返した笠の襞に、ぷつぷつと汗のような汁が浮いてくる。これにじゅっと醤油をかけて、頬張るだけでも旨かろう。

思わずごくりと、唾を飲む。醤油と茸の芳潤な香りが合わさって、鼻先に流れた気がする。

ううん、駄目駄目。これは店に出す料理なんだから。

己にそう言い聞かせ、食い気をなだめる。そんなお花の苦労も知らず、頭上から暢気な声が降ってきた。

「お、旨そうだね。それにひとつ、醬油をかけて分けておくれよ」

顔を上げると、只次郎が見世棚越しに覗いていた。これから仕事に出かけるのだろう。繭織の小袖に黒羽織という出で立ちである。

「もう、しょうがないですね」

お花の代わりに、応じたのはお妙だった。茹でた春菊を水にさらし、振り返る。

「ひとつ、分けてあげて」

ええっ、ずるい！

なんていう我儘は、お花に言えるわけもなし。渋々ながら菜箸でひとつ皿に取り、醬油をかけてやる。箸を添えて手渡すと、只次郎は「ありがとう」と満面に笑みを広げた。

「はぁ、旨い。嚙むごとに椎茸の汁が溢れて、これはもはや肉汁ですよ」

いつものことながら、実に旨そうに食べている。

いいなぁ。口の中に、どんどん唾が湧いてくる。

「ほら、お花ちゃんも食べてごらんよ」

物欲しげな視線に気づいたか、只次郎が勧めてきた。お花は「えっ」と、お妙を見遣（や）る。

「いいわよ。まだたくさんあるから、私にもちょうだい」

お妙も食べるなら、遠慮（えんりょ）はいらない。ほどよく焼けたのを取り分けて、醤油をぽっちり。鼻先に、紛（まご）うかたなき椎茸焼きの香りが漂う。行儀（ぎょうぎ）が悪いと知りながら、立ったままかぶりついた。

そのとたん、椎茸の汁がじゅわっと口の中に広がった。旨さに溺（おぼ）れそうになりながら、お花は天を仰（あお）ぐ。

「ううん、美味（おい）しい」と、お妙もまた満悦顔。

只次郎はともかく、お妙までもがこんな無作法（ぶさほう）を働くとは、珍（めずら）しいこともあるものだ。

そんな思いが、顔に出ていたのかもしれない。お妙はお花と目が合うと、軽く肩をすくめて見せた。

「つまみ食いもまた、お料理の楽しみよ」

料理を教わる者として、お花はその言葉をしっかりと胸に書き留めた。

焼いた椎茸は少し冷ましてから細く切り、春菊と和（あ）えた。鰹出汁（かつおだし）を利（き）かせたので、香りがよい。どうせなら、もうひと色加えたい。

「柚子の千切りを、載せてもいい？」

「ええ、もちろんよ」

お妙の許しを得て、黄色く色づいた柚子の皮を剝き、できるだけ細く切ってゆく。

頭の芯が痺れるような芳香だ。強い香りなのに、なぜか料理と調和する。不思議なものだ。

只次郎が、「じゃあ、行ってくるよ」と出かけてゆく。その姿を見送ってから、お妙は流しに笊を置いた。

「さ、次はこれよ」

こんもりと盛られているのは、二枚貝だ。表面に、ぎざぎざした溝と毛がある。あらかじめ束子でよく洗ってから、捌きかたを教わった。

「左手でしっかり貝を持って、この蝶番のところに包丁の峰を差し込むの。くるっと捻れば貝殻がずれるから、次は殻と貝柱の間に包丁を――」

「え、やだ。ぎゃー！」

言われたとおりに捌いていたら、徐々に赤い血が溢れだし、ぼたりぼたりとしたたり落ちた。手の上の貝を放り出すわけにもいかず、お花は腹の底から叫んでいた。

「大丈夫、赤貝はこういうものだから」

そう言われても、心の臓がばくばくしている。魚を捌くときは血が出ると分かっているが、貝から噴き出てくると恐ろしい。どうにかこうにか左右の殻から貝柱を外し、血に濡れた剝き身を俎に置く。

「びっくりした」

赤く染まった手を見下ろし、呟いた。魚の血よりは、さらさらしているようである。

「赤貝は、身だけじゃなく血も赤いのよ。剝き身にしてもこの血に漬けておけば、しばらく生きているんですって」

お妙も隣に立ち、貝の殻を外す。血が溢れても動じることなく、鮮やかに次の手順に移ってゆく。

「それから身とヒモを分けて、身は二つに切ってから肝を取り除いて。そうそう、上手よ。ヒモについている薄い膜や汚れは、包丁でこそげ取るの」

最初の血に慣れさえすれば、さほど難しい作業ではない。いくつか捌くとコツが掴めた。無心に手を動かしていると、心の臓もだんだんと落ち着いてきた。

すべての貝が捌けたら、たっぷりの塩で揉み、水でぬめりを洗い流す。これで下拵えは終わりである。

「あとはこれを、醤油とお酒を合わせた汁に漬けておきましょう」

漬け汁は、あらかじめ煮切ってから冷ましておいた。しばらく置けば、赤貝の漬け込みのできあがりだ。

料理とはいいものだと、お花は思う。作れば必ず、できあがる。簡単な一品であっても、そこに喜びがあった。さらに「美味しいよ」と褒められると、自分が認めてもらえたような気持ちになれた。

「やっと赤貝も、美味しく食べられる季節になったわね。夏は味がいまひとつなのよ」

お妙が俎と包丁についた血を水で流してゆく。こんなふうに、食べ物に関する知識を教わるのも好きだった。

「どうして、夏は駄目なの」

「卵を産んで、身が細っているのよ。これから春にかけてが美味しい季節ね」

「ふぅん」

蔬菜は春夏秋冬に採れるものが違うけれど、魚貝は一年中海や川にいるのに、旬があるというのが不思議だった。そのわけも、料理を教わるうちに分かってきた。魚貝の旬はどうやら、卵を産む時期で決まるようだ。

子を残すって、やっぱり大変なことなんだ。

実母のお槇からは、お前を産んだせいで容色が衰えたと散々に詰られた。それは浴びるように飲んだお酒のせいじゃないかと思っていたが、案外的外れではないのかもしれない。人の子を股からひり出すのは、卵よりも大変そうだ。

でもお志乃さんは千寿ちゃんを産んでも綺麗だし、おえんさんはふくふくしてる。身近な子を持つ女たちを思い浮かべ、お花は首を傾げた。あの二人も夏痩せした貝のように、子を産んだすぐ後はげっそりしていたのだろうか。

そんなことを考えながら、手を清める。いつもの癖で前掛けで拭こうとして、お花はあっと動きを止めた。

「あら、汚れてしまったわね」

前掛けに、赤貝の血がついていた。びっくりして、飛び散らせてしまったらしい。

「別のに替えましょう」

お妙が後ろに回って、腰の紐に手をかける。太物問屋である菱屋のご隠居がたくさん持ってきてくれるため、前掛けなら売れるほどあった。

「まぁ、お尻にも」

「えっ、なんで」

貝を捌くときに、背中など向けていないはず。もしや汚れた手で触れてしまったのか。体を捻ってみても、見えやしない。

「どうしよう。ごめんなさい」

柳原土手の古着屋で、買ってもらったばかりの着物だった。「この愚図！」と罵る声が聞こえた気がして、お花は首をすくめる。

「ううん。違うわ、これは――」

二人で立つと身動きがしづらい調理場に、なにを思ったかお妙がしゃがむ。お花の着物の裾をちょっと持ち上げてみて、「ああ、やっぱり」と頷いた。

貝の血でなければ、なんなのだろう。今日はまだ他に血が出るものを捌いていないから、よけいに恐ろしい。

びくびくしながら身構えていると、お妙はすっと立ち上がり、どういうわけだか「おめでとう」と微笑んだ。

二

階下から、人々が食器を使う賑やかな気配がする。

なにを喋っているかは分からないが、誰かが冗談を言ったらしく、どっと笑い声が重なった。おそらく常連である、魚河岸の男たちだ。ほどよく酒が入り、上機嫌のようである。

男の人たちは、気楽でいいな。

調子のいい笑い声を聞きながら、お花は二階の内所で火鉢を腹に抱えていた。べそをかいた後なので、なんだか瞼が重ったるい。下腹も、しくしくと痛みはじめていた。

ついさっきお妙から、女は月に一度股から血を流すのだと教えられた。なんでも腹の中には子を育むための部屋があり、寝床となるべく溜められた血が、剝がれて落ちてくるそうだ。

そんな馬鹿なと思うけど、お妙の亡き父は医者である。まさか嘘や迷信ではないだろう。女に特有の病を血の道と呼ぶのもそのせいかと、なんとなく理解もできた。

頭では分かっても、心が認めたくないことはある。

どうやらお花の体はこれで、子を産む準備が整ったことになるそうだ。お妙の言った「おめでとう」は、それに対する祝辞らしい。

だけど、なにがめでたいものか。だってまだ、十四なのに——。

嫁に行くまでには、あと三、四年の猶予があると思っていた。三年前にやっとお妙と只次郎の子になったばかりなのに、その気になればもう母親になれると言われても困る。心がちっとも追いついてこない。

嫌だ私、おっ母(か)さんになんかなりたくない。

火鉢を抱えたまま、お花はぶるっと身震いをした。

さっきからずっと、自分の体が鉄錆(てつさび)臭い。はじめてのことだからとお妙が気遣って布団(ふとん)を敷(し)いてくれたけど、汚すのが怖くて横にもなれない。思い出したように滲(にじ)む涙を、着物の袖でごしごしと拭(ぬぐ)った。

お馬(うま)も、ごわごわして気持ち悪い。

浅草紙(あさくさがみ)を折って作る当て物は、お妙に作りかたを教わった。馬の腹帯に似ているため、これをお馬と呼ぶらしい。股に当ててずれないように褌(ふんどし)を締めているのも、まるで男みたいで情けない。

こんなものを、毎月着けなきゃいけないなんて。しかも一日で終わるものではなく、長ければ七日もかかるという。

「お妙さんにも、これがあるの？」

尋(たず)ねると、お妙は「もちろんよ」と笑っていた。ちっとも気づかなかったけど、そういえば頻繁(ひんぱん)に厠(かわや)に行く日があったのではないか。てっきり、腹具合が悪いのだとばかり思っていた。

気分は底なしに落ち込んでゆくのに、階下はいっそう騒がしい。なにが起こったか知らないが、ワッという歓声が上がっている。表の戸が開く音がしたから、また客が増えたのだろう。給仕はお勝一人で足りるだろうか。

心配だけど、手伝わなきゃと思うけど、人前に出るのが恥ずかしい。誰かに気づかれでもしたら、人目も憚らずに泣きだしてしまいそうだ。

でも、厠には行かなきゃ。

そのためにはどうしても、店の中を通らなければいけない。お馬の紙は、どのくらいもつのだろう。

ぎしりぎしりと、誰かが階段を上がってくる。たぶんお妙だろうけれど、早めに帰ってきた只次郎だったらどうしよう。練習を兼ねて作ったお馬が、畳の上に放り出してある。

慌ててそれを摑み、布団の下に隠したのと、部屋の襖が開いたのが同時だった。

「おや、寝ていなかったのかい」

湯気の立つ湯呑を持って、そこに立っていたのはお勝であった。

「ほら、生姜湯だよ。腹が楽になるから、飲みな」

火鉢を挟んで正面に座り、お勝が畳に折敷を滑らせてきた。

葛を引いてあるらしく、湯呑の中身はとろみがある。よく吹き冷ましてから啜ると、生姜の風味と共に優しい甘みが広がった。蜂蜜を、ひと垂らし落としてくれたようだ。

「ありがとう」

これはたしかに、あったまる。腫れた瞼を湯気がふわりと包んでくれるのも、心地よい。

「手伝わなくて、ごめんなさい。忙しい？」

「まぁ、いつもどおりだね」

「ずいぶん、騒がしいけど」

階下では、飲めや歌えやのどんちゃん騒ぎがはじまっていた。誰かが手拍子を取り、端唄らしきものを唸っている。元の歌を知らなくても、調子っぱずれなのが分かる。

「ああ、さっき知らせがきてね。お志乃さんに子が生まれたのさ」

「えっ、早くない？」

お花は驚いて顔を上げる。産み月は、十一月になりそうだと聞いていた。

「少し早いね。でも障りがあるほどじゃないよ」

言われてみれば、明後日にはもう十一月だ。ならば問題はないのだろう。

「男の子？　女の子？」

「女の子だってさ」

「そっか」

千寿には、妹ができたことになる。楽しみだと言っていたから、さぞかし喜んでいることだろう。

お志乃は昨日の宵のうちから産気づき、今日の昼前に子を産み落としたという。お花に新馬がきたのと、同じ日だなんて。因縁めいたものを感じてしまう。

「赤飯は、断ったんだって？」

しばらく黙って生姜湯を啜っていると、お勝がそう尋ねてきた。

お花は唇を軽く尖らせる。

「だって、恥ずかしい」

女の子にお馬がくると、赤飯を炊くのが常らしい。お妙も「小豆はまだあったわよね」と炊く気満々だったから、やめてほしいと頼み込んだ。お妙やお勝ならしょうがないが、只次郎を含め他の人たちには知られたくなかった。

「あの子は、お祝いをしたかったみたいだけどね」

「祝うようなことじゃ、ないと思う」

子が生まれたのとは、違うのだ。言わなければ分からないことなのだから、できるかぎり隠しておきたい。

「めでたいさ。お花ちゃんが、ちゃんと成長しているってことだからね」

「それは、いいこと？」

「あたりまえさ。喜んでたよ」

だったら、赤飯を断ったのは申し訳なかっただろうか。でも、嫌なものは嫌だ。

お花がむむむと考え込んでいると、お勝は「懐かしいねぇ」と目を細めた。

「妙も新馬がきたときは、そんなふうに難しい顔をしていたよ」

「お妙さんが？」

「ああ。こんなとき男は頼りにならないだろ。善助はおろおろするばかりだから、アタシが手当てをしてやったんだよ」

善助というのは、お妙の養い親ではじめの夫になった人だ。お勝とは、姉弟の間柄だったと聞いている。

「あの子の場合は医者だった親から教わってたらしいけど、いずれ来ると分かってても戸惑うもんだ。自分の体が、すっかり変わっちまったような気がするもんねぇ」

そう、それだ。お花の意思を置き去りにして、体が先走っているようにしか思えない。せめて隠れ鬼のように「もういいよ」と言ってから来てくれたら、心構えもできように。

「でもまぁしょうがない。女の体は子を産むようにできちまってるからね。納得がいかなくても、つき合ってくしかないのさ」

お勝はことさらめでたがりもせず、面倒そうに顔をしかめた。その心情のほうが、今のお花には合っていた。

「お勝さんは、もう慣れた？」

尋ねると、お勝は声を上げて笑いだす。可笑しそうに肩を揺すりながら、教えてくれた。

「アタシはさすがに、上がっちまってるよ」

「上がる？」

「子を産めない歳になってくると、自然と終わるんだよ」

それもそうだ。子をなすための仕組みなら、いずれいらなくなってゆく。目の前が、ぱっと明るくなったようである。

「それって、いつ？」

「さてね。人によって違うけど、まぁ四十から五十の間だね」

お花はまだ十四。なんとも長い道のりである。落胆のあまり、がくりと頭を垂れてしまった。

「ま、困ったことがあればいつでも妙やアタシに聞いとくれ。女なら、皆通ってきた道さ」

こんなふうに、頼れる人が身近にいるだけでも幸いか。一人では、どうしていいか分からないことばかりだ。

「あの、それじゃあ」

頼みごとが苦手なお花がさっそくそう切りだしたものだから、お勝は驚いたようだ。

「なんだい？」と顔を寄せてくる。

お花はその耳元に囁(ささや)いた。

「厠に、行きたいの」

できれば、誰にも見咎(みとが)められずに。

言葉にはしなかった真意まで、汲(く)み取ってくれたらしい。お勝は「任せときな」と請(う)け合って、にやりと笑った。

三

「さぁさ、野郎ども。振る舞い酒だよ。どうせ升川屋が後からたんまり祝い酒を送ってくるだろうからね。先にやっちまおうじゃないか」

お勝が酒を満たしたちろりを目の高さに持ち上げてから、どんどん銅壺の湯へと沈めてゆく。お志乃の子の誕生を、ここにいる皆で祝おうというのである。

「さすがお勝さん、太っ腹だぜ！」

今店にいる客は、誰もお志乃とは面識がない。それどころか升川屋とも、顔を合わせたことがない者もいるはずだ。いずれにせよ、タダ酒ほどめでたいものはない。

客の注目を一身に集めてから、お勝が素早く目配せを寄越してきた。内所と店を分ける暖簾の手前で息を潜めていたお花は、目立たぬようにするりと抜け出て、下駄を履く。面白いほど、誰もこちらを見ていなかった。

唯一お妙とは目が合ったものの、お花が勝手口から出てゆくのを静かに見守ってくれた。お勝からあらかじめ、耳打ちをされていたのだろう。

後ろ手に引き戸を閉めて、ほっとひと息。替えのお馬を入れて膨らんだ懐を、上から押さえた。

二つ忍ばせてきたのは、多かっただろうか。幸い木枯らしの吹く井戸端には、人っ子一人いなかった。お花はその手前にある厠へと、足早に滑り込む。

慣れていないから、手こずった。褌をすっかり解いてしまってから、横へ少しずらすだけで事足りたことに気づく。使い終えたお馬の有様を見て、また涙が出そうになった。

怪我もしていないのに、なんでこんな――。

理不尽だと、近ごろ覚えた言葉を頭に思い浮かべる。これは女の体にとっての道理なのかもしれないが、お花にとっては違うものだ。昨日までの体に、戻れるものなら戻りたい。

目をこすりながら、厠を出る。しんとした井戸端で、手を洗った。指先に少し、血がついていた。

いつもかしましい裏店のおかみさんたちは、寒さに負けて部屋に引きこもっているのだろうか。そのうちの幾人かは、お花のように血を流しているのかもしれない。それなのに、これまでよくぞ平然と振る舞っていたものだ。

井戸端にしゃがんだまま、下腹を撫でる。戻るときは、出かけていたふりをしてしれっと入ってきなと言われている。でもまたしばらくすれば、厠に行かねばならないのだ。その度に酒の大盤振る舞いをさせるのは、店に申し訳なくて気が引ける。

戻りたくないな。

どこか、人知れず休めるところがあればいいのだけれど。

友達のおかやの顔が浮かんだものの、あそこは母子共々にお喋りだ。なにがあったのか、どうしたのかと根掘り葉掘り聞いたあげく、「お花ちゃんも、もうお馬だってさ」と言いふらしかねない。

弱ったなぁ。

いつまでもここにしゃがんでいたって、体が冷えてゆくばかり。生姜湯を飲んで紛らわせた腹の痛みが、またぶり返してきそうだ。

しかたがないと諦めて、立ち上がる。毎月のことなのだから、人の目を気にしてばかりもいられない。明日からはまた、店の手伝いをしなければならないのだし。

渋々ながら、歩きだす。そしてようやく井戸の奥にある稲荷社に、子供が佇んでいるのに気がついた。

いつからいたのだろう。このへんの子にしては、身なりがいい。若衆髷を結うようになったばかりの、涼しげな面差し。まさか今ここに、いるはずのない子だ。

いくら目をこらしてみても、間違いはない。お花は慌てて駆け寄った。

「千寿ちゃん。どうしたの、一人？」

稲荷の前に佇んでいたのは、紛れもなく酒問屋升川屋の一人息子、千寿だった。

いや、妹が生まれたのだから、もう一人子ではないのか。なんにせよこんなめでたい日に、供も連れずにいるのはただ事でない。

「震えてるよ、大丈夫？」

手を握ってやると、ひやりと冷たい。新川から外神田まで、歩き通してきたのだろうか。身なりも見目もよい子供が、よくぞ拐かされずに来られたものである。

「火に当たったほうが、いいと思う。おいで」

促すと、千寿はいやいやと首を振った。なぜそんな、浮かない顔をしているのだろう。

「聞いたよ。妹が生まれたんでしょう。嬉しくないの？」

身重の母を気遣い、弟か妹ができるのを楽しみにしていた千寿に徳の違いを感じたのは、それほど前のことじゃない。兄という立場になって、さぞ喜んでいることだろうと思っていたのに。

「嬉しい、はずなんです。でもそれ以上に、寂しくって」

そう言って、千寿は面を伏せてしまった。腰を屈めて覗き込むと、真一文字に口を引き結んでいる。泣くのを堪えている顔だった。

「なぜ、寂しいの？」

「だって誰の目にも、私が見えていないから」

「どういうこと。見えてるよ」

千寿はなにを言っているのだろう。ぺたぺたと、肩や背中に触れてみる。たしかにちゃんと、ここにいる。

「それは、もののたとえと言いますか――」

「そうだったの。ごめん」

お花には、言葉の綾が分からない。熊吉にもよく、冗談を真に受けすぎると怒られる。

恥ずかしくなり、頬を押さえた。千寿がくすくすと笑いだす。

「いいえ、私こそおかしなことを言いました。忘れてください」

これで本当に、八つなのだろうか。利発そうな頬を引き締めて、千寿はぺこりとお辞儀をした。

「すみません、帰ります」

帰るにしても、一人では行かせられない。お花は「待って」と千寿の手を取った。

「送ってもらったほうがいい。誰か、大人を呼んでくる」

お馬でなければ、自分が送っていくのだけれど。ここから新川まで往復すれば、一刻（二時間）はかかる。それだけの道のりを歩くには、この当て物は心許ない。

お花の申し出に、千寿は「とんでもない」と首を振った。

「平気です。そんなことで、人様の手を煩わせるわけには」

まだ小さいのに、しっかりしている。行儀がよくて、人を思い遣る心もある。千寿は誰からもそんなふうに褒められるし、お花も幼い相手ながら尊敬してきた。でもなぜか、このときばかりは千寿の遠慮が癇に障った。

「じゃあどうして、こんなところにいるのよ」

人の手を煩わせたくないのなら、赤子の誕生に賑わう家にいればよかったのだ。それでも出てきたということは――。

「もしかして、居場所がないの？」

寒かろうが暑かろうが外に行ってなと追い出され、あてどなく町をさまよっていた幼い日を思い出す。でも千寿はお花と違い、大店の跡取りとして大事に大事に育てられているはずだ。ぞんざいに扱われるはずがない。

けれども千寿は、なにも言わずにお花の顔を見つめ返す。澄んだ瞳に、じわりと透明な涙が盛り上がった。

「なにやってんだい、アンタたち。賽銭泥棒かい」

あらぬ方向から声がかかり、お花はハッとして振り返る。小柄だと言われるお花の目線よりも、さらに下。しわくちゃの、猿のような顔がこちらを見上げていた。

裏店に住む、人相見のお銀である。ぎょろりとした目は右側が白く濁り、おそらく見えてはいないはずだ。

顔を合わせるのははじめてらしく、千寿が怯えたように頬を引きつらせた。無理もない。お銀の見た目は妖怪じみている。

「おや、見慣れない子がいるね」

子供に怯えられるくらい慣れっこのお銀は、ふぉふぉふぉと甲高い声で笑う。左目は瞑り、なぜか見えぬはずの右目だけが見開かれていた。

四

お銀の部屋は、四畳一間に台所がついているだけ。そのど真ん中に、布団を被せた炬燵が鎮座していた。

それだけでなく、火鉢にも火が入っていて暖かい。お銀はこの裏店でおそらく一番の年寄りだから、人より寒さが身にこたえるのだろう。

「大丈夫、取って食べやしないから」

耳元にそう囁いてやって、やっと室内に足を踏み入れた千寿も、暖かさにほっと頬を弛めた。薄着のまま出てきてしまい、よほど体が冷えていたのだ。

「さぁさ遠慮せず、炬燵にあたりな」

そう言いながら、お銀は誰よりも先に炬燵布団に膝を突っ込む。暖気に触れて、お花もまた己の冷えに気がついた。ぶるりと震えが上がってくる。

「あたらせてもらおう」

千寿は素直に頷いた。二人して炬燵に入り、「はあ」と極上の吐息をつく。硬くなっていた節々が、じわりとほぐれてゆくのが分かった。

炬燵布団はかすかに酸っぱいにおいがしたが、このくらいはどうだっていい。火の気のありがたさが身に染みる。

「ほら、お食べ」

それぞれの手元に、お銀が蜜柑を置いてくれた。お花は千寿と顔を見合わせる。

「あの、これって――」

お銀のものではない。稲荷社の供え物をくすねてきたのだ。

「なぁに、構わないよ。狐が蜜柑なんざ食べるものかね」

それはそうかもしれないが。お銀は構わず蜜柑を剝いて、ひと切れ口に放り込む。

「罰が当たらないかな」

「当たるもんか。しょっちゅう貰ってくるけれど、なんともないよ」

ならば供物泥棒ではないか。お花たちに向かって「賽銭泥棒」などと、よくぞ言えたものである。

ここの稲荷は、お妙がよく料理をお供えしている。皿を下げに行くとなくなっているから不思議に思っていたのだが、行き先はお銀の腹の中だったらしい。

千寿が呆れ、「ははは」と乾いた笑い声を立てた。

彼の周りには、こんな風変わりな大人はいないのだろう。お銀は人相見ということになっているが、手製の守り袋や御符を法外な値で売りつけようとするため、裏店の面々からは白い目で見られている。

決して見習ってはいけない相手だ。でもお花は、この人といると気が楽だった。今だって、なにも聞いてこない。まっとうな大人は千寿のような身なりのいい子供を見ると、どこの子なのか、なぜこんなところにいるのかと問いただしてくるものだ。お銀はそんなことどうでもいいと言わんばかりに、もそもそと口を動かして蜜柑を食べている。薄皮が歯に負えないのか、ある程度嚙むとぺっと吐き出すのが汚らしい。その様を眺める千寿の横顔にはっきりと、「えらいところに来てしまった」と書いてあった。

　しばらくは、誰もなにも喋らなかった。お銀は相手が子供だからといって、機嫌を取るようなこともしない。もともと小さな人だったが、このところますます萎びたようだ。まるでお天道様に干しておいた、大根みたいだなと思う。

　火鉢の炭が、ぱちぱちと音を立てた。『ぜんや』は目と鼻の先なのに、ひどく静かだ。ここにいると、自分を必要以上によく見せようという気が起きない。

「千寿ちゃん、眠いの？」

　やがて千寿が座ったまま、うつらうつらと船を漕ぎだした。大人びているといっても、しょせんは子供なのだ。体が弛めば、眠くなる。

「少し、横にならせてもらったら？」

どうしても、眠気が我慢できなかったのだろう。お花の勧めに従い、千寿はこてんと横になる。炬燵布団に鼻先まで埋まり、たちまち寝息を立てはじめた。

「お疲れのようだねぇ」

千寿の寝顔を、お銀が白濁した右目で見ている。歳のわりに甲高い声も、近年はかすれがちである。

「この子はなにか、身辺に大きな変化があったんだろう」

「そうなの。今日、妹が生まれたばかりなの」

「ああ、それで。これまで輪の中心から外れたことがなかったんだね」

お銀は一人で納得して、うんうんと頷いている。

輪の中心って、なんだろう。お花は炬燵布団の中で、もぞもぞと足を崩した。

「妹が生まれたのに、寂しいって言ってた。大丈夫かな」

「平気だよ。寂しさも、けっきょくその妹が埋めてくれる。この子は背伸びをしちまうところがあるから、せいぜい振り回されるがいいさ」

千寿のことを、前から知っていたかのような口振りだ。そういえばお銀の言うことは話半分に聞いておきなさいと、お妙に窘められたことがあった。いったい、どこからどこまでが「半分」なのだろう。

「どうせみんな大人になっちまうんだから、子供のうちはたんと甘えりゃいいんだよ」

それは、お花もよく言われてきたこと。甘えかたなんて教わってこなかったから、どうすりゃいいのと思っていた。

でも私さっき、千寿ちゃんの遠慮に腹を立てたわ。

まだ子供なのに。一人歩きは危ないと、自分だって分かっているくせに。

人の手を借りずに生きてゆけぬかぎりは、遠慮など身の丈に合っていない。遠慮をされる側が、ただひたすら歯がゆいだけだ。

そうだったのかと、我が身を振り返る。お花がよかれと思ってしてきたことは、さぞ周りの大人たちをもどかしくさせたのだろう。そういうときお妙はいつも、寂しそうに笑っていた。

千寿ちゃんは、私よりずっとできがいいけれど。

だからこそ、我慢もたくさんしてしまうのだろう。

まったく誰に似たのだか。少なくとも、父親の升川屋ではなさそうだ。

「それからアンタも、少し変わったね」

お銀の右目が、今度はお花をしかと捉(とら)えた。見えるはずがないと分かっているのに、どきりとする。

「ああ、お馬がきたんだね」

「どうして分かるの！」

恥じらいよりも、驚愕(きょうがく)が勝(まさ)った。大人たちはいかさまだと言うけれど、お銀には本当に人には見えぬものが見えているんじゃなかろうか。

「さっきから、ずっとお馬がはみ出てるよ」

お銀は自分の着物の合わせを指差し、そう告(つ)げた。

つられて視線を落とし、お花は「ぎゃ！」と叫ぶ。懐に突っ込んでおいた替えのお馬が、ひょっこりと顔を出している。

「早く言って！」

まだ幼い千寿が、これの使い道を知らなかったことだけが救いだ。お花は慌てふためき、お馬を懐の奥深くに押し込んだ。

火鉢の上で、土瓶(どびん)が湯気を噴いている。

どうも生薬臭い湯気だ。あらかじめ煎じておいた薬を、温め直しているのだろう。お銀は身を捻り、小さな茶簞笥を開けた。たいていの物は、炬燵から出ずとも取れるように置いてある。

取り出したのは、形も大きさも違う二つの湯呑だ。それぞれに土瓶の薬を注ぎ、「ほら」と一つを差し出してきた。

「なに、これ」

受け取りはしたものの、お花はすんすんと鼻をうごめかす。知識がないから生薬の名前は分からないが、いくつかは嗅いだことのあるにおいだ。

「居酒屋の女将がくれた薬さ」

お銀はやはり茶簞笥から薬袋を取り出し、炬燵の上に置いた。

当帰芍薬散。お銀の体を気遣って、お妙が届けている薬である。

「女の血の道を、よく整えてくれる。飲むと腹が楽になるよ」

腹が痛いとも言っていないのに、お銀はすべて承知の上だ。怪しい薬でないのならと、お花は湯呑の中身を吹き冷まして啜った。

ほんのりと甘い、癖のある味。湯気と共に、つんとするにおいが鼻に抜けた。腹の底に、じわりと温もりが広がってゆく。

「そうだ。そういえば私、お銀さんに騙された」

当帰芍薬散で思い出した。お妙の腹に子がいると吹き込まれ、大いに慌てたことがあった。

「嘘じゃない、読み違えたんだ。あの女将には、跡取りができると思ったんだよ」

お銀も煎じ薬を啜り、やれやれと息をつく。

お花は勢い込んで身を乗り出した。

「跡取りって、『ぜんや』の？」

「ああ、そういう相が出ていたよ。案外、アンタのことだったのかもねぇ」

だったらどんなに嬉しいことか。お妙から料理を教わるようになった今では、まったく起こりえないことではない。

「じゃあ、お嫁に行かなくってもいいのね」

ついつい声が弾んでしまった。お銀は「ほう」と、猫のように目を細める。

「嫁ぎたくないのかい」

「そもそも、夫婦ってよく分からない。それに――」

おっ母さんに、なりたくない。

よその子が生まれただけであんなに騒いでいるのだから、それはきっとめでたいことなのだ。でもどうしても、考えてしまう。お花が生まれたとき、お槙には祝ってくれる人がいたのだろうかと。

親との縁は切れていたし、男にも捨てられた。金もないお槙は、一人でひっそりお花を産み落としたのだろう。

誰からも祝われずに生まれてきた自分が、人から祝われる子など産めるものか。「お前さえいなければ」という呪いの言葉を浴び続けてきたこの身には、きっと醜い澱が溜まっているに違いないから。

「そうだねアンタは、母親には苦労するね」

お銀は湯呑を置き、ついに両目を瞑った。

「夫婦のこと、子のことは、べつに今考えなくたっていい。時がくれば、なるようになってゆく。アンタはただ、自分が大事だと思うほうを選び取っていけばいい」

かすれてはいるが、歌うような声音が心地よい。煎じ薬のお蔭で体が芯から温まり、瞼がとろりと重たくなってきた。

「さぁさ、お眠り。明日を生きるには、たんと眠らなきゃいけないよ」

歌ってもらった覚えはないけれど、まるで子守歌のようだった。真綿に包まれたような心地で、優しい眠りへと誘われる。

頭の重みに負けて、お花は炬燵布団に突っ伏した。ほどなくして、意識がすっと夢の中に吸い込まれていった。

五

あーんあーんと、赤子の泣く声がする。

誰の子だろう。お志乃が産んだばかりの赤子だろうか。

両腕を伸ばしてみると、なにもなかった空間に白い靄（もや）が湧き出した。それはなんとなく赤子くらいの大きさにまとまって、お花の手の上に託（たく）された。

白い靄が、あーんあーんと泣いている。不思議なことに、重みもある。けれども姿は、靄のままだ。

戸惑いつつも、胸に抱いてあやしてやった。よしよしと揺すってやると、靄は徐々に泣き止（や）んだ。ほっとして、お花は周りを見回した。

なんにもない。真っ白だ。この子の親は、どこに行ってしまったんだろう。

弱った、赤子なんて手に負えない。そもそも靄は、人の乳を飲むのだろうか。

途方に暮れていると、どこからともなく声が降ってきた。

「お花ちゃん、おめでとう」

それは、お妙の声によく似ていた。

すぐにまた、「おめでとう」と別の声。こちらは只次郎だ。

そのふた声を皮切りに、祝辞が雨のように降ってくる。

「おめでとう」「お花ちゃん、おめでとう」「立派な子だね、おめでとう」「ああ、こりゃめでたいね」「おめでとう」

すべてが知っている声だった。二回三回と、聞こえてくる声もある。

雨はちっとも、降り止まない。


「花。おい、お花！」

乱暴に、呼びかけてくるのは誰だろう。ああこれはきっと、熊吉だ。

お花はふにゃふにゃと、定まらぬ声で応じた。

「なんなのぉ。なんでみんな、そんなに『おめでとう』って言うのぉ」

「寝ぼけてんじゃねぇよ、馬鹿！」

「あ痛っ！」

頭を叩かれ、びっくりして顔を上げた。炬燵布団の顔を伏せていたあたりに、涎のシミができている。すっかり寝入っていたらしい。

寝る前と変わらぬ、お銀の部屋だ。やや薄暗いのは、日が西に傾いたせいか。長く眠ったようにも、ほんの少し微睡んだだけにも思える。夢うつつのまま、お花はごしごしと目をこすった。

「あれ、熊ちゃん。なんでいるの」

「なんでじゃねぇよ、馬鹿！」

また馬鹿と言われた。熊吉は足を踏み鳴らし、千寿の炬燵布団を剝ぐ。

「おい千寿、起きやがれ。お前が行方知れずだって、大騒ぎになってんだぞ！」

「あっ！」

しまった。お銀の部屋でちょっと温まったら、誰かに送り届けてもらおうと思っていたのに。

「今、何刻？」

「もうとっくに夕七つ（午後四時）だよ！」

お花が稲荷の前で千寿を見つけたときは、まだ昼八つ（午後二時）にもなっていなかった。少なくともその半刻（一時間）ほど前から、千寿は行方知れずになっていたはずだ。

「やだ、どうしよう」

「どうしようじゃねぇ。升川屋から『千寿を見てないか』って使いが来て、こりゃ大変だと俺(おれ)たちも捜し回ってたんだからな！」

　頭ごなしに怒鳴(どな)られ、首をすくめる。熊吉によれば升川屋の奉公人だけでなく、つき合いのあるお店からも人を出して千寿の捜索にあたっていたらしい。本当に、大事(おおごと)になっている。

「『ぜんや』に寄ってみりゃ、お前までいないっていうし、なにが起こってんのかと思ったぜ」

　熊吉が怒るのも無理はない。お花はまた、とんでもないしくじりを犯してしまったのだ。

「お銀さん、アンタもアンタだ。ガキを二人も隠してんじゃねぇよ」

「おや、お前さんが友達を捜してるのに気づいて、教えてやったんじゃないか」

　お銀は下駄を履いたまま、台所の土間に立っている。身を縮めているのは寒いからで、恐縮しているわけではないらしい。

「遅(おせ)ぇんだよ。明らかにいいとこの子じゃねぇか。下手(へた)すりゃアンタ、拐かしで捕まるぞ」

自分だ。お花は慌てて熊吉の袖を引く。

「待って、熊ちゃん」

老いたお銀を責めるのは酷である。悪いのは、千寿の居所をすぐに知らせなかった自分だ。お花は慌てて熊吉の袖を引く。

「申し訳、ございません」

ふいに凛とした声が、狭い室内に響き渡った。

いつの間に起きたのか、千寿が居住まいを正し、深々と頭を下げている。

「すべて、私の我儘がいけないのです。その方は、親切にも暖を取らせてくれただけ。叱責はこの身に受けますので、どうか ご勘弁を」

驚いたことに、平に伏していても気品がある。さっきまで泣くのを我慢していたとは思えぬ、堂々たる振る舞いだった。

子供らしからぬ口上に、熊吉も毒気を抜かれたらしい。しばらく押し黙ってから、深々とため息をついた。

「まぁいいよ。お前はお父つぁんとおっ母さんに、しこたま叱られろ。お志乃さんは、きっと怖ぇぞ」

その後升川屋は迷惑をかけた各方面に、詫びの品を配ることになるのだろう。でもそんなことを、子供は気に病まなくてもいい。

「分かったならほら、立った立った。行くぞ」

熊吉に急かされて、炬燵を出る。上がり口で下駄を履こうとしたら、入れ替わりにお銀が座敷へと上がった。

「お銀さん、ありがとう」

「なぁに、眠くなったらまたおいで」

礼を言うと、おかしな文句が返ってきた。そういえば、変な夢を見ていた気がする。どんなだったかは、頭を叩かれた拍子にすっかり忘れてしまったけれど。

「お妙さん、いたよ！」

外に出て、熊吉が声を張り上げる。ちょうどお妙が『ぜんや』の勝手口から、溝板を踏んで駆け寄ってくるところだった。

「ああよかった、二人とも」

お花と千寿の手を取って、その場にへたりと座り込む。よほど肝を砕いたようだ。砕きすぎて、立ち上がれなくなっている。

「そのへんに升川屋の手代がいるはずだから、オイラもうひとっ走りしてくるよ。そのまま仕事に戻っちまうけど、構わない？」

行方知れずの二人をお妙に引き渡し、熊吉はお役御免とばかりに尋ねる。お妙は疲れたように面を上げた。

「うちの人も捜しに出ているはずなんだけど、どこまで行ってしまったのかしら」

「あれは、腹が減ったら帰ってくるよ」

只次郎のこととなると、熊吉は冷たい。お妙もまた、「それもそうね」と肩をすくめた。

「じゃ、またな」

熊吉は、今にも走りださんとしている。お花は慌てて礼を言った。

「熊ちゃん、ごめんね。ありがとう」

「ああ、まったくだ」

背中を強めに叩かれた。お花は勢いを殺しきれず、前によろめく。

「あれ、お前さ」

熊吉がきまずそうに視線を逸らした。その代わり、耳元にぐっと顔を近づけてくる。

「尻、洩れてるぞ」

ハッと飛び上がり、お花は両手で尻を押さえた。お銀の部屋で寝てる間に、お馬がずれでもしたらしい。

「し、し、信じられない」

そんなことを、若い娘に言うなんて。熊吉は、逃げるように走りだす。その後ろ姿に向かって、お花は声を張り上げた。

「なにさ、熊ちゃんのでべそ！」

六

熊ちゃんの馬鹿、でか足、大飯食らい、野暮天の、つんつるてん！

思いつくかぎりの悪態をぶつぶつと口の中で呟きながら、着替えを終えた。熊吉にばれてしまったのが悔しくて情けなくて、また涙が出そうになる。

だけどもう、泣くもんか。お馬とは長いつき合いになるのだ。この程度でいちいち落ち込んでいたら、やってられない。

お花は両の頬を叩き、「よし」と気合いを入れる。よく寝たお蔭か腹の痛みがなくなり、頭も幾分すっきりしていた。

『ぜんや』の二階の、奥の間である。隣室へと続く襖を開けると、千寿がお勝の給仕で飯を食べていた。

「あれっ、いいな」

「すみません。昼餉を食べそびれていたもので」

心持ち顎を引き、千寿が照れたように笑う。もうすっかり、いつもの様子に戻っている。

そういえば、お花も昼餉を食べていない。気が塞いでなにも食べられやしなかったのに、今になって腹が空いてきた。

「はい、お花ちゃんのぶんもあるわよ」

お花の支度が済んだのを見越したように、階段側の襖が開く。お妙が折敷を持って入ってきた。

「あれ、お店は？」

「今ちょうど、誰もいないの。振る舞い酒に酔った人たちが『千寿ちゃんを見つけるぞ！』と勢い込んで出て行って、まだ戻ってこないのよ」

「すみません」

千寿が所在なげに身を縮める。お妙もいつもの微笑みを取り戻し、うふふと笑った。

「覚えておいて。あなたが行方知れずになると、これだけの大人が大騒ぎをするの」

「はい」

「兄弟が増えたって、おんなじよ。親の情は、半分になんかならないわ」

「肝に銘(めい)じます」

お妙から千寿に対して言いたいことは、それだけらしい。矛先(ほこさき)はすぐ、お花にも向けられた。

「それから、お花ちゃん。あなたにも思うところがあって、家出をしたくなることもあるでしょう。でも次からはちゃんと、『お銀さんのところに行ってきます』と告げてからにしてちょうだい」

「それって、家出なの？」

「もちろんよ。家から出ているんだもの」

お妙にしては、無茶苦茶なことを言っている。「そんな馬鹿な」とお勝も笑った。おかしな道理を通そうとするほど、心配をかけてしまったということだ。

「ごめんなさい。もうしません」

千寿に倣(なら)い、お花は畳に手をつき頭を下げた。あの美しい所作(しょさ)ができているとは思えないが、少しでも襟(えり)を正して謝りたかった。

「ならいいわ。お食べなさい」

お妙がようやく、膝先に折敷を置いてくれた。

丼飯(どんぶりめし)に、艶々(つやつや)と輝く赤貝が載っている。刻(きざ)み海苔(のり)と小葱(こねぎ)を散らし、山葵(わさび)は別の皿で添えてあった。

赤貝の漬け込み飯だ。醤油をかけなくても、漬け込みの汁がいい塩梅に利いているはずである。

赤貝の血に怖じ気づいたのも忘れ、お花は「美味しそう」と箸を取った。

ほんのちょっぴり山葵を載せて、まずは赤貝の身をひと切れ。磯の香りがふわりと広がり、歯を立てればしなやかに押し返す。噛めば噛むほど、たしかな甘みが感じられる。

飯と共に掻き込めば、さらに飯の甘みも加わり、味がぼやけぬよう漬け汁がきゅっと引き締める。腹が減っているせいで、もはや箸が止まらない。

「あら待って、千寿さん。そのくらい残しておいて、鰹出汁をかけても美味しいの」

先に食べはじめていた千寿に、お妙が小ぶりの土瓶を差し出した。

そんな食べかたもあるなんて。危ない、一気に食べてしまうところだった。

「お花ちゃんも、お出汁をかける？」

「お願いします」

すでに半分ほど食べ進めてしまった。問われてすぐに、お花は丼を差し出す。

「なんだかこの子、アンタの亭主に似てきてないかい？」

そう言って、お勝が眉間の皺を深くした。

腹が満たされると、また少し眠くなってきた。

お馬のときは、やはり体が本調子ではないのだろう。病でなくとも体から血を流すのだから、無理もない。

「それにしても、そのへんに手代がいたんじゃないのかい。迎えが遅いね」

「升川屋さんが、直々に迎えに行くと言ってきかないそうよ。もう少し待ちましょう」

お勝とお妙のやり取りが、ぼんやりと聞こえる。千寿が大人びた顔で、「ご迷惑をおかけしてすみません」と謝っている。

「本当にねぇ。アンタんとこは母子そろって、うちに家出してくるって法でもあるのかい」

「あら、それじゃあ千寿さんの家出先は、これからも『ぜんや』に決まりね」

お妙は千寿にも、『ぜんや』に行ってきますと告げてから家出をするようにと説いている。折り目正しい千寿は、「はい、次からはそうします」と真面目に聞いていた。

「でも、もう大丈夫です。早く帰って、妹の顔を見たくなりました」

彼はもう、項垂れてなどいない。まっすぐに背中を伸ばし、晴れやかに笑った。

「もう少し大きくなったら、面白い遊びをたくさん教えてやります。私、折り紙が上手いんですよ」

お銀はたしか、妹に振り回されると言っていたけれど。父親似の、お転婆な子に育つのかもしれない。

「お花さんも、ありがとうございます。今度うちに、遊びに来てくれませんか」

丁寧に礼を言われ、お花ははたと眠気から覚めた。そういえば、升川屋に遊びに行ったことはない。きっと先月お邪魔した俵屋と同じくらい、大きな家なのだろう。

「うん、もちろん」

気が引けたけど、断るのもおかしいと頷いた。「楽しみにしています」という、千寿の笑顔が眩しかった。

「おや、来たんじゃないかい？」

建て付けが悪いわけでもないのに、表の戸がガタガタと音を立てている。中に入ろうとした者が、勢い余って体をぶつけたようである。

「おおい、千寿！」と、聞こえるのはたしかに升川屋の声だ。

「落ち着きがないねぇ」

お勝がやれやれと首を振る。

「さてと、升川屋さんのぶんも漬け込み飯を用意しましょう」

どうせ食べるだろうからと言って、お妙はいそいそと立ち上がった。

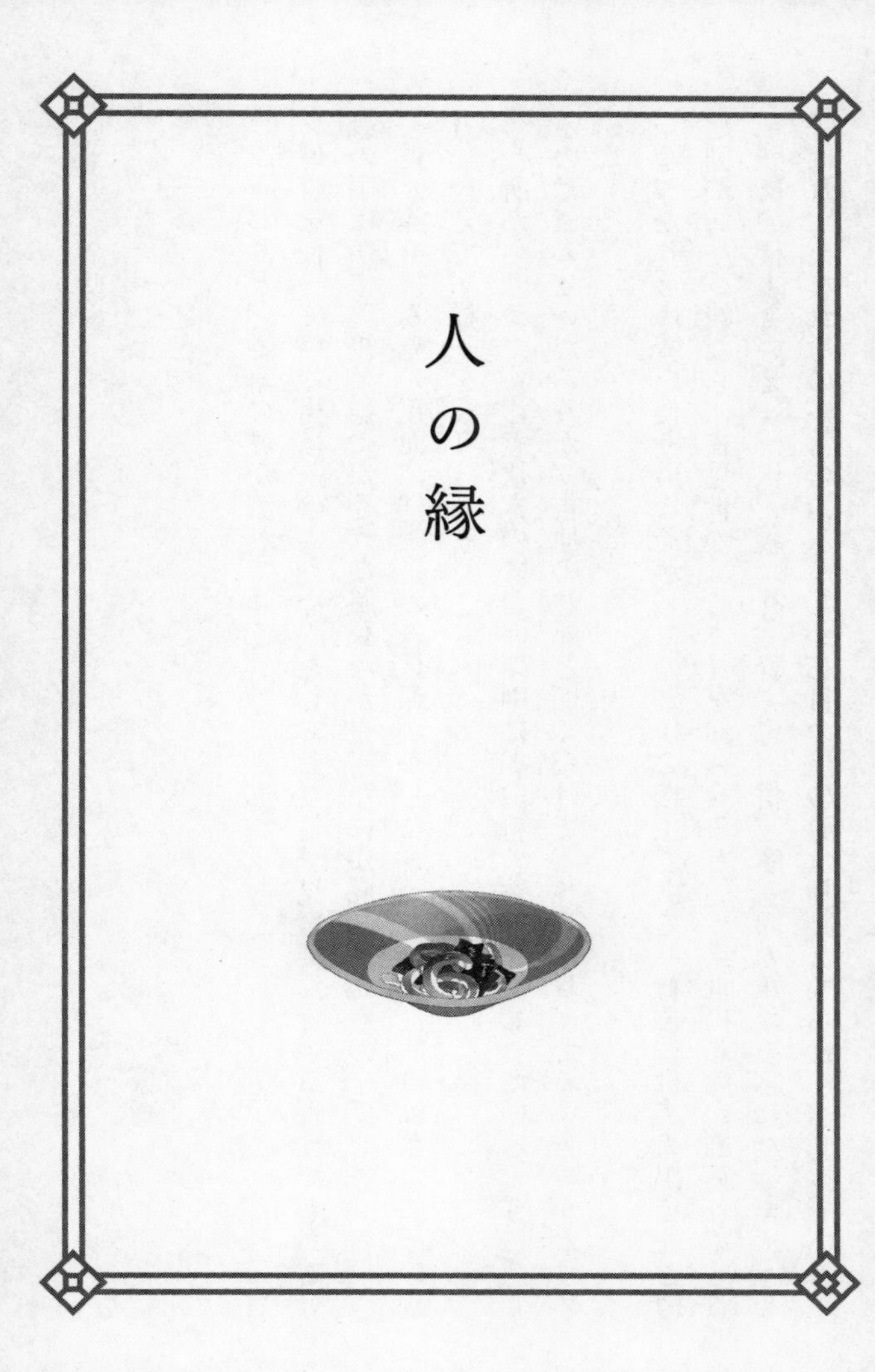

人の縁

一

ふわりと、煙草の煙が流れてゆく。

煙管を使っている男は糸のような眼をしており、一見微笑んでいるようでもある。歳の頃は四十前後。穏やかそうな風貌ながら、なにか底知れぬものを感じさせる。

長火鉢を挟みその正面に、俵屋の若旦那がかしこまっていた。熊吉はさらにその後方に控えて、様子を窺う。

台所から漂ってくる煮炊きのにおいの中に、白粉の香りが交じっているように感じるのは気のせいだろうか。吉原の惣籬と聞くだけで、鼻先に甘ったるい芳香がかすめるようだ。

ゆったりと煙管を使う男こそが、この妓楼の楼主である。背後には夷大黒を祀る縁起棚があり、妓たちに夜見世のはじまりを知らせるという見世出し鈴が飾られている。

妓楼の楼主といえば、仁、義、礼、智、忠、信、孝、悌の八つを忘れた「忘八」と呼ばれ、蔑まれるのが常である。しかし目の前の男は物腰も柔らかく、鷹揚であり、ひとたび吉原を出れば誰もそれとは気づくまい。それでもじっと黙り込まれると妙な迫力があり、膝の上に握った手が汗ばんでくる。

「どうぞ一つ、試しに置いてみちゃくれませんか」

沈黙に耐えきれず、若旦那が畳に置いた紙袋をずいと前へ滑らせた。廉価版の龍気養生丹改め、龍気補養丹である。

聞いているのかいないのか、楼主は眼すらも動かさず、煙管の上下をくるりと返す。煙草の灰を長火鉢にトンと落としたのが合図のように、その隣に膝を崩して座っていたお内儀が口を開いた。

「なんだい、さっきから黙って聞いてりゃ。精力剤なんて冗談じゃないよ。こちとら男に粘られたって、なんの旨みもないんだ。むしろ線香花火のようにパッパと果ててくれたほうが、妓の体が長持ちするってもんさ。ここじゃ腎張りは嫌われるんだよ。帰っとくれ！」

薹は立っているものの、やけに色気のある女である。もしかすると遊女上がりなのかもしれない。いかにも嫌そうに顔をしかめ、シッシッと手を払った。

「しかし――」

お内儀に嫌われたからといって、あっさり引き下がるわけにはいかない。若旦那は覗き込むようにして楼主の顔色を窺っている。

楼主はわずかに顎を引き、頷いたようである。

「そういうことだ」

とはつまり、お内儀と同じ意見だということか。

たしかめるより先に、楼主が手を打ち鳴らす。呼ばれてすぐ見世の奉公人が近づいてきた。

「へい、どうぞこちらへ」

妓楼では歳にかかわらず、男の奉公人を「若い者」と呼ぶそうだ。鬢に白い毛が混じる「若い者」に促され、渋々立ち上がるしかなかった。

「ちょいとお待ち。お忘れだよ」

龍気補養丹の袋をそのままにして去ろうとした若旦那を、お内儀が呼び止める。

若旦那は膝と共に腰を曲げ、愛想のよい笑みを浮かべた。

「そちらは差し上げます。いかようにもお役立てください」

「あらそう」

お内儀もまた、強いて突き返そうとはしなかった。

楼主夫妻が陣取る内所から、二階へと続く階段が延びている。「若い者」の案内で出口へと向かっていると、頭上から黄色い声が降ってきた。

「そこのお兄さん、ずいぶん背が高いねぇ。オヤ、顔も可愛いじゃないか。せっかくだから寄っておいきよ」

「アタシはそこの、身なりのいい旦那が好みだよ。真面目そうなところがまたいいねえ。閨ではどんなふうに女を抱くのか、教えておくれ」

二階の高欄に、妓たちが身を寄りかからせて騒いでいる。間もなく昼見世がはじまるのだろう。身支度を済ませた彼女らは、牡丹の花のように艶やかだった。

「こらアンタたち、無駄口叩いてる暇があったら文の一つも書いちゃどうだい！」

取り締まり役の遣手に叱られて、妓たちは笑い声だけを残しぱっと散る。

まるで悪い夢でも見ているみたいだ。

お花と同じ年頃の少女までが、ごてごてとした振袖を着せられている。まだ何軒か妓楼を回らねばならないのに、早くも胸焼けがするようだった。

夕七つ（午後四時）の捨て鐘に送られるようにして、大門を出る。

ちょうど昼見世の終わる頃合いとて、吉原を後にしようとする客の姿は他にもある。おおかた冷やかしだろうが、それでも美しい花魁を目にし、楽しい時を過ごした者たちだ。連れがいれば冗談を飛ばし合い、軽やかに歩いてゆく。

そんな中で足取りの重い若旦那と熊吉は、よっぽど目立っていたのだろう。吉原の人の出入りを見張る面番所の役人が、しばらくじっとこちらを見ていた。二人して意中の妓にふられたとでも思われたか、呼び止められはしなかった。

大門から日本堤までは、緩やかな上り坂になっている。その勾配すら億劫そうにして、若旦那がため息をひとつ零した。

「いやはや、これはしくじったねぇ」

霜月七日、周りに遮るもののない日本堤の上に立てば、木枯らしが耳元を吹き過ぎてゆく。日はすでに大きく西へと傾いて、お天道様の暖かさも感じられない。

吉原に入ったのが昼前というのに、空手で戻ってきてしまった。客が必要なときすぐ買えるよう、龍気補養丹を妓楼に置いてもらっちゃどうだという考えは、悪くないと思ったのだが。

「言われてみりゃ、その通りだね。妓にとっちゃ、客の相手をする間は短いほうがいいに決まっている」

若旦那が言うように、熊吉も妓楼側の本音は思慮の外だった。こんなとき、遊びの経験もある程度は必要なのだと思い知らされる。真面目な若旦那も手代になって間もない熊吉も、悪所通いとは縁遠かった。

「旦那様は、きっとこうなると分かっていたんだろうね」

仕事の話をするときは、実の父でも「旦那様」。そう呼ぶと決めているらしい若旦那が、疲れたように目を閉じた。

龍気補養丹の売りかたを任されたとはいえ、旦那様には行動を起こす前に意見を求めることにしている。だがいつも、「やってみなさい」と言われるばかり。俵屋の次の主となる若旦那と歳若い熊吉に、失敗も含めあらゆる経験を積ませようとしているのだろう。すっかり疲れてしまったけれど、今日のこれは自分たちに必要なしくじりだったのだ。

「どうします、舟にしますか？」

帰りの手段を尋ねると、若旦那は「いいや」と首を振る。

「歩いていこう。観音様にお詣りしておきたいしね」

吉原から、観音様が祀られている浅草寺は目と鼻の先。お詣りに寄ったとしても本石町の俵屋までは、半刻（一時間）もあれば帰れるだろう。

熊吉は、若旦那と連れ立って歩きだす。本来なら肩を並べて歩ける身分ではないのだが、若旦那が「背後にいられると喋りづらい」と言うので隣に控えることにした。

「大丈夫ですか。お疲れのようですが」

吉原の主な妓楼を回ってみたが、ほとんどは門前払い。楼主に会えたとしてもほぼ同じ理由で追い返された。無駄骨というのは心の疲れが体にまでのしかかってくる。元々生っ白い若旦那の顔色が、いっそう青くなっていた。

「いいや、平気だ。情けないことにどうも私は、女の媚が苦手でね」

張り見世に座る遊女は目聡いものだ。そのへんの冷やかしには目もくれないのに、高価な唐桟の小袖を着た若旦那が通りかかると一斉に秋波を送ってきた。その度顔を伏せて早足になるのだから、苦手なことは言われずとも分かる。

奉公先から戻って四年も経つというのに、若旦那がいまだ独り身なのはそのせいだろうか。日本橋の大店の息子ということで、若いころから金を目当てに近づいてくる女が多かった。ゆえに女というものに、微かな不信を抱いている節がある。

「旦那様は、近いうちに隠居をなさる心積もりのようですが」

「龍気補養丹を売り出して、私に嫁を見つけたら、だろう。どちらもまったく、荷が重いよ」

吉原から離れて気が緩んだか、若旦那が弱音を零す。奉公人相手に言うことではなかったと悟ったか、こちらを見て苦々しく笑った。

「すまないね、頼りにならない跡取りで」

「いいえ、そんなことはありません」

若旦那は優しすぎて、俵屋を取りまとめるには威厳が足りぬと蔭で囁く者がいる。本人もそれを知っているのだろう。だが熊吉には、とてもそうは思えない。

「いいんだ。私に旦那様ほどの手腕がないのは本当のことなんだから」

心の底から否定したつもりでも、若旦那はお愛想と受け取って眉尻を下げた。親しみやすくはあるが、こういうところが威厳云々と言われてしまう所以である。

「だからそのぶん、お前や只次郎さんのような能のある人にうんと頼るつもりでいる。どうか末永くつき合っておくれよ」

しかしこの威厳のなさこそが、このお人の魅力なのではなかろうか。旦那様は人を従える才があり、若旦那にはこの人のために働こうと思わせる才がある。どちらもきっと、大店の主には相応しいのだ。

日本堤から道を逸れ、周りにはただ田畑のみが広がっている。寂しげな風景だが、ここをまっすぐに行けば浅草寺の裏手に出る。

重かった足取りに力が戻るのを感じながら、熊吉は頷いた。

「もちろん、私なんぞでよろしければ」

その返答を聞いて、若旦那はいかにも嬉しそうに微笑んだ。

龍気補養丹の売りかたを模索するうちに、少しずつ互いの間に絆のようなものが芽生えてきた気がする。きっとそれも、旦那様の計らいに違いなかった。

「ありがとう。いざとなれば私が籠を担って薬を売り歩くから、安心しておくれ」

「とんでもない。そのときは私が」

薬の売れ行きは悪くとも、責任は取る。そう言ってくれるのは嬉しいが、若旦那よりは明らかに熊吉のほうが馬力がある。

慌てて止めると若旦那は、「ならば二人で」と朗らかに笑った。

二

本当に薬を担って売り歩けるなら、話は簡単だ。

浅草や両国といった繁華な町に繰り出して行って、調子よく口上の一つでもぶってやれば、それなりに売りさばける自信はある。

だが熊吉も若旦那も、龍気補養丹だけにかまけていられるわけじゃない。薬種問屋としての本来の仕事をおろそかにしては、本末転倒なのである。

「あんなふうに、葦簀張りの床店でも出せればいいのだけど」

裏の門から入り、参拝客で賑わう浅草寺の境内を見回しながら、若旦那がぽつりと呟いた。

本堂の裏手は奥山といって、見世物小屋や物売りの屋台がひしめいている。この寺が常に盛況なのも、観音様に詣でるためか、奥山遊びが目的なのか、もはや分からぬくらいである。

人々は娯楽を求めてこの地に集まり、ついでに楊枝や歯磨き粉といったものを買って帰る。ここへ龍気補養丹の床店を出せば、さぞかし売りやすかろう。

「人手があれば、それも考えられたんですけどね」

床店を出すというのも、一つの案。しかし店番に割ける人数がない。長吉が抜け、手代頭だった留吉が降格となった今、通常の仕事でさえ手一杯なくらいだ。新しく人を雇うにしても、生薬に関する知識が一朝一夕に身につくわけもなく、厳しい状況が続いていた。

となれば薬を委託販売できる、売弘所が必要となる。

若旦那と相談し、何店かの薬屋に卸すことも考えた。だが薬屋が売るのは自家製の薬であり、他家の薬は扱わぬもの。実際に薬屋の売弘所といえば、足袋屋や小間物屋といった、薬とはまったく関わりのない商いの家が多かった。

それで思いついたのが吉原の妓楼に薬を置いてもらうことだったのだが、そちらはすでに頓挫した。だがもう一つの心当たりからは、色よい返事をもらっている。

その相手というのが、かねてよりつき合いのある味噌問屋の三河屋だ。娘婿が切り盛りしている出店が東両国にあり、湯を注ぐだけで旨い味噌汁ができあがる味噌玉が評判を呼んでいる。勧進相撲が行われる回向院の傍という、立地も申し分がなかった。

「売弘所をもう一つ、浅草に設けられればいいんですが」

しかしこちらは、心当たりがない。只次郎が商い指南に入ったことのある煎餅屋が雷門の近くにあるというのでお願いに上がってみたが、「うちは煎餅しか置くつもりがない」と断られた。

醤油煎餅ひと筋で、只次郎を困らせたことのある店である。頑固なのは折り紙つき。あそこは諦めるしかあるまい。

「しょうがない。また日を改めて、一軒ずつ回ってみよう」

龍気補養丹の名がすでに知れ渡っていれば、薬目当てに来た客が、店の品物を買ってゆくこともあろうと説得できる。「ぜひうちに置いておくれ」と、向こうから話を持ちかけてくることだってあるだろう。

だが龍気補養丹の前身である龍気養生丹が流行（はや）ったのは、二十年以上も前のこと。そんな薬があったことは、とっくに忘れられているに違いない。

はたして薬を置いてくれる店が、すんなりと見つかるだろうか。いいや、どうか見つかりますように。

本堂の前に立ち、観音様にお願いをする。いつもより賽銭（さいせん）をはずんでしまった。

隣で手を合わせる若旦那も、薬が首尾よく売れますようにと祈っているのだろうか。ずいぶん長く瞑目（めいもく）していた。

「さて、帰ろうか」

三十ほども数えたころであろうか。若旦那が顔を上げたのを機に、熊吉は「はい」とつき従う。

茜（あかね）色に染まりだした空の色が、頰（ほお）に映っているのだろう。若旦那の顔色は、いくぶんよくなったように見えた。

本堂から仁王門へと続く通りの両側にも、やはり葦簀張りの水茶屋などが並んでいる。茶汲（ちゃく）み娘に袖を引かれるのが嫌なのか、若旦那はあえてその裏を選んで歩いてゆく。

通りの東側とあってこちらは蔭になり、人通りもまばらだった。

「やめなさいよ、あんたたち！」

前方から甲高い声が上がり、熊吉はハッとして目を凝らす。

六間（約十・八メートル）ほど先の、松の木の根元だ。若い娘がこちらに背を向け、なにかを庇うようにしゃがんでいた。

叱られたのは、十かそこらの男の子たちだ。そうとうな悪餓鬼らしく、懲りずにまだ笑っている。手に石を持ち、高く放り投げて見せる者もいる。

「犬？」と、熊吉は呟いた。

娘が庇っているのは、薄汚い老犬だった。このあたりに住み着いている野良だろうか。その首に縄がかけられ、松の木に括りつけられている。

「なんだよそいつ、姉ちゃんの犬か？」

「違うわ。たまたま通りかかっただけだもの」

「だったら引っ込んでろよ」

「嫌よ。見過ごせない」

悪餓鬼どもはどうやら、犬に小石をぶつけて遊んでいたようだ。そこへ娘が口を出し、止めさせようとしているらしい。

「気丈な娘さんだなぁ」

若旦那は歩調を弛めようともせず、まっすぐに悪餓鬼どもを目指してゆく。熊吉が前に出ようとしたら、「まぁまぁ、いいから」と窘められた。

餓鬼どもに「どけよ」と囃し立てられても、娘は微動だにしない。それどころか怒気を滲ませて言い返した。

「馬鹿ね、あんたたち。弱い者いじめなんかして、恥ずかしくないの」

「なんだと、てめぇ！」

悪餓鬼のうちの一人が、石を握りしめて腕を振りかぶった。娘はとっさに身を庇う。そこへ若旦那が「こらこらお前さんたち」と、微笑みすら浮かべて割り込んだ。いついかなる時も場違いな者が現れると、人はまず呆気に取られる。餓鬼どもは石を投げるのも忘れ、にこにこと笑いかけてくる男をぽかんと見遣った。

その隙に若旦那は、まるで説法をする僧のように穏やかに語りかける。

「こういう話を知っているかい。広い地獄の中にはね、十六小地獄というのがあるそうだ。そのうちの一つが不喜処地獄。動物を虐めた者は、ここに落とされるというんだよ」

唐突に地獄の話など持ち出され、毒気を抜かれたらしい。振り上げられた悪餓鬼の腕が、だらりと下がった。

「そこではね、昼夜を問わず火炎が燃えさかっている。そして亡者は炎の口を持つ鳥や犬や狐といった獣に、肉はおろか骨の随まで貪りつくされてしまうんだよ」

口調が穏やかであるがゆえに、語られる地獄の惨たらしさが際立つ。餓鬼どもの一人が、ぶるりと身を震わせるのが分かった。

「ほらごらん。お前さんたちを食べつくすのは、あの犬かもしれないよ」

若旦那はおもむろに、木に繋がれた犬を指差した。餓鬼どもの視線が一斉に、さっきまで虐めていた犬へと移る。犬は吠えかかるでもなく、ハッハッハッと息を吐いているだけだ。

邪気のない犬としばらく睨み合ってから、一人が「馬鹿らしい」と石を足元に放り投げた。

それを合図に他の子たちも、「なんか白けちまった」「つまんねぇよ」と口々に呟き、「もう行こうぜ」と退散してゆく。明らかに虚勢と分かるのが可笑しかった。

やっぱりこのお人は、ただ優しいだけじゃねぇ。旦那様の血をしっかり受け継いでらぁ。

人の弱みを見抜き、その気になればいつでもそこを突けるとにおわせるのが旦那様の怖いところ。若旦那にも、その素質は充分にあるようだった。

「あの、すみません。ありがとうございます」

悪餓鬼どもの背中が小さくなってから、娘が立ち上がる。若旦那に向かって深々とお辞儀をしてから、まっすぐに面を上げた。

「あれっ」

いざとなれば前に出られるよう餓鬼どもを注視していた熊吉は、はじめて娘の顔を見た。目を丸くして、その名を呼ぶ。

「なんだ、お梅さんじゃねぇか」

「あらやだ、熊吉さん？」

首を傾げた拍子に、梅の装飾がついたびらびら簪が揺れる。日本橋本船町の海苔屋、宝屋の養女である。

「知り合いかい？」

若旦那に問われ、これこれと説明する。熊吉の態度から、お梅も助けに入った男の正体を悟ったようである。

「もしかして、俵屋の？」

「ええ、そうです」

頷きながら、若旦那がわずかに身構えたのが分かった。年頃の娘からの、値踏みするような眼差しに備えたのだろう。

お梅は「お初にお目にかかります」と微笑んだ。だがそれだけで、眼差しはすぐさま犬へと注がれた。

「よし、よし、大丈夫。怪我はないわね」

縄を解いてやり、薄汚れた体を触って確かめて、ほっとしたように息をつく。犬はこのへんの水茶屋で餌をもらっているのだろう。お梅に頭をひと撫でされると、お礼を言うように手を舐め返し、ゆっくりと去ってゆく。

「もう悪餓鬼に捕まらないよう、気をつけるのよ」

人の言葉が分かるはずもなかろうに、お梅は大きく手を振って犬を見送る。そんな娘の健気さに打たれたように、若旦那は己の胸元を押さえていた。

おや、これはひょっとして——。

少しくらいは、お梅に好意を抱いたのかもしれない。ならばこれっきりで縁が切れてしまうのは、なんとももったいなく感じられた。

「お梅さんは、お一人で?」

必要とあらば家まで送っていこうと思い、尋ねてみる。この黄昏時に浅草から日本橋まで、若い娘の一人歩きでは心許ない。

お梅は「ええ」と頷いた。

「宝屋は実は分家でね、この近くに本家があるのよ。今は新海苔の時期で忙しいから、手伝いに来てたの」

聞けば本家は海苔の販売だけでなく、製造も担っているという。海苔の収穫は十一月から春までの数ヶ月。一番摘みの新海苔は香り高い上等品で、ほとんどが寺社に納められているそうだ。

「その本家ってのは、どこに？」

「本当にすぐそこよ。雷神門前広小路の、扇屋っていうお店。うちのおっ母さんの、従兄弟がやってるの」

まさに浅草寺の門前町。奈良茶飯をはじめとする料理屋や羽二重餅の店などがあり、こちらも日中は客足が絶えることはない。商いをするには、またとない立地である。

熊吉は若旦那の顔を見遣った。頭に浮かんだ考えは同じらしく、相手も深く頷き返してくる。

もしもこの案がうまくいけば、お梅との縁も繋がりいいことずくめだ。

「お梅さん、頼む。扇屋の旦那に、どうか顔を繋いじゃくれねぇか」

「え、いいけど」

手も握らんばかりに頼み込んできた熊吉の気迫に押され、お梅はきょとんとして目を瞬いた。

三

「なるほど。まさにそれは、観音様のご利益ですねぇ」

向こうからくる大八車に気づいて脇へと避けながら、只次郎が振り返る。

ちょうど日本橋を渡りきり、高札場に差しかかろうというところ。大八車が湾曲した橋の入り口でつっかえていたので、熊吉はその尻を押してやった。

「ありがとよッ！」と人足が威勢よく礼を言って、去ってゆく。前に向き直ると只次郎と若旦那が、元通り並んで歩いていた。

「ええ、少し都合がよすぎるくらいで。でもなんとか浅草にも、売弘所を置けそうです」

「よかったですねぇ。しかし宝屋さんと扇屋さんが、そんな間柄だったとは。屋号が違うからちっとも気づきませんでしたよ」

商い指南のため江戸中の商家を回っている只次郎は、扇屋のことも知っていた。なんといっても東叡山御用達(とうえいざんごようたし)。店先に御用達看板がかかっている、有名な海苔屋なのである。

「お梅さん様々ですねぇ」

まさに只次郎の言うとおり。お梅は熊吉から事情を聞くと、すぐさま扇屋の旦那に話を通してくれた。

宝屋のおかみさんの従兄弟というだけあって、旦那は豪放磊落(ごうほうらいらく)な性質(たち)で、熊吉たちの突然の訪(おと)ないに気を悪くするでもなく、「こっちこそ俵屋さんと縁ができりゃ願ったりだ」と呵々(かか)と笑ったものである。

吉原で散々断られた後だったので余計に、その快諾(かいだく)は涙が出るほどありがたかった。

「小さかったお梅さんが、そんなしっかり者になっちまって。そりゃ私も歳を取るはずですよ」

まだぎりぎり二十代のくせに、只次郎が年寄りぶって腰を叩く。三十代も半(なか)ばを過ぎた若旦那は、苦笑いをするしかない。

「お梅さんのことは、幼(おさな)いころからご存知なんですか」

「ええ、十のときにね。あの子を宝屋の養(やしな)い子にと取り計らったのは、うちのお妙(たえ)さんなんですよ」

「そうだったんですか。あの方もご苦労なさったんですね」

「まぁでも宝屋に引き取られてからは、おおむね幸せなんじゃないでしょうか。ねぇ、熊吉」

只次郎に目配せを寄越されて、熊吉は「ええ」と頷く。眼差しに「もしかして、お梅さんのことが？」という問いが含まれていたので、二重の意味での肯定である。

しばらくつき合ううちに只次郎もそれとなく、若旦那が若い娘を苦手としているのに気づいていたのだろう。そのわりに、お梅のことはもっと知りたがっているように思える。それがどういうことか、少しでも勘の働く者ならば分かってしまう。

「あの子はたしか、十六でしたか。年が明けりゃ十七だ。いい年頃ですね」

しかしあんまり明け透けなのは困る。熊吉の見立てでは、若旦那はまだ己の気持ちを自覚しているわけではないらしい。調子に乗るなよと、熊吉は只次郎にだけ見えるよう顔の前で手を振った。

「ん、なんだい熊吉。臭いのかい？」

この男は、いったいどうなっているのだろうか。信じられないほど頭が切れると思えるときもあれば、こんなふうにぼんやりしていることもあり。

「違わい！」と、熊吉は只次郎を睨みつけた。

そうこうするうちに、目的の場所が近づいてくる。「こちらです」と、只次郎が曲がり角を右へと曲がった。

行き先は、五郎兵衛町にあるという摺師の仕事場だ。頼んでいた引札の摺り具合を見てほしいと言われ、向かっているところである。

昼八つ（午後二時）の鐘が鳴ってからもうだいぶ経つので、そろそろ七つが近いだろう。昨日は吉原詣でに一日を使ってしまい、溜まっていた本来の仕事を片づけていたら出るのが遅くなった。

引札を確かめるくらいなら自分がいなくてもよかろうと思ったが、只次郎は共に行きましょうと言う。おそらく摺師を熊吉に引き合わせておきたいのだろう。いつまでも、只次郎に頼ってばかりはいられないのだ。

吉原での委託販売をことごとく断られたと伝えても、旦那様はもちろん只次郎も驚かなかった。きっと、そうなるだろうと予想がついていたのだ。それでも口を挟まなかったのは、旦那様に言い含められているからに違いない。只次郎はあくまでも、若旦那と熊吉の補佐という立場らしい。

とはいえ要所要所で、助言はしてくる。今も「ところで」と、話題を変えた。

「両国と浅草に売弘所があればもう充分かもしれませんが、あと一軒、下谷あたりにほしくはありませんか？」

下谷もまた、人が集まる繁華な町だ。出会い茶屋の多い池之端にもほど近く、龍気補養丹が入り用な場面には事欠かない。

「どちらかに、心当たりがおありですか？」と、若旦那が頬を引き締めて尋ねた。

「ええ、もちろん。神田花房町代地なんていかがです」

そう言われて、思い当たる店は一つしかない。熊吉は若旦那の前であることも忘れ、

「いいのかい？」と首を傾げた。

「元々は、お妙さんのお父上が作っておられた薬だよ。むしろ真っ先に頼んできなさいよ」

只次郎もまた、熊吉に向けてくだけた物言いをする。

熊吉にとってお妙は憧れであり、母のようでも姉のようでもある。『ぜんや』に薬を置いてもらうことをまったく考えなかったわけではないが、この歳になるとあまり甘えすぎるのも申し訳ない。だからつい遠慮して、二の足を踏んでいたのだけれど。

そんな熊吉の胸の内も、只次郎はお見通しなのかもしれない。

「なるほど、噂の『ぜんや』ですか。私はまだ、お妙さんにお目にかかったことがな

いんですよ」

若旦那はそもそも、居酒屋というものに行ったことがあるのだろうか。近ごろは旦那様の名代で寄り合いに出ることも増えているが、それなりの料理屋を使っているはずだった。

このいかにも上品で、おっとりとしたお人に居酒屋はどうも似合わない。だが日本橋の旦那衆を『ぜんや』の常連にしてしまった只次郎が、そんなことに頓着するはずもなし。

「だったら、この後で行きましょうか」と、いうことに決まった。

『腎を強くし、生気みなぎり、津液を生ぜしめる。
　仙女が授けし子孫繁栄の妙薬』

それが宣伝のために配る引札に摺り込まれた、龍気補養丹の売り文句である。

文句の横には龍気補養丹の薬袋を手のひらに載せた仙女が色鮮やかに描かれており、錦絵としてもそうとうの出来映えであった。

これならば、美しい引札ほしさにかなりの枚数が市中に出回るであろう。つまりは龍気補養丹という薬の名が、人々の目に触れる機会が多くなる。品物の前に、まずは引札をほしいと思ってもらえるかどうかが肝要(かんよう)だ。

ゆえに近ごろは喜多川歌麿(きたがわうたまろ)など人気の絵師が、引札の絵を手がけることも増えている。龍気補養丹もまた、只次郎の知己(ちき)であるという絵師に頼んだのだが。

「これ、似ていませんか」

「ええ、似ていますね」

「ちょっと、まずいと思いますけども」

男三人額を突き合わせ、畳に広げた引札を覗(のぞ)き込む。

絵の出来映えに、文句はない。仙女の姿は麗(うるわ)しく、悩ましげにくねらせた柳腰(やなぎごし)が艶(なま)めかしくもある。

熊吉にとっても、好みの顔だ。なにせお妙にそっくりなのである。

「この絵師って、あれでしょう。三文字屋(みもじや)さんの白粉袋の絵を描(か)いた、勝川某(かつかわなにがし)っていう」

「そう。今は勝川流を破門になって、北斎(ほくさい)と名乗っているらしいよ」

今なお人気の三文字屋の白粉袋は、お妙の似姿を描いたものだ。春夏秋冬で四種類あり、五年前から売れに売れている。ただしお妙自身は乗り気でなく、上得意の三文字屋に頼み込まれて仕方なく引き受けたという経緯(いきさつ)がある。

このたびの引札は、お妙の許しを得ていないはず。北斎が描き溜めていた下絵から、勝手に似せて描いたものと思われる。まずいというのは、そういうことだ。

「どうすんだよ。お妙さんが知ったら、たぶん怒るぞ」

あまりのことに、口調がつい普段どおりに戻ってしまう。只次郎は弱ったように頰を掻(か)いた。

「だけどこの引札は、きっと評判になると思うんだよ」

熊吉だって、そう思う。だから摺り上がった見本を見せられても、やり直してくれとは言えなかった。それは若旦那も同様だ。

「しょうがないから、お妙さんには後戻りができないほど摺っちまってから謝りますよ。私が叱られればいいだけです、大丈夫」

本当に大丈夫なのだろうか。不審の目を向けていると、只次郎は引札をさり気なく懐(ふところ)に仕舞った。

そのすぐ後に、お妙が「お待たせしました」と料理を運んでくる。これもまた、阿(あ)吽(うん)の呼吸と言うべきか。

神田花房町代地、『ぜんや』の小上がりである。引札の見本を受け取ってから、三人でやって来た。この店に来てなにも食べずにいられるわけもなく、こうして小上がりに収まっているのだった。

「あの、お妙さん。売弘所を引き受けてくださって、本当にありがとうございます」

お妙の注意を只次郎から逸らすためか、若旦那があらためて礼を言う。

引札には気づかなかったらしく、お妙は「いいえ」と首を振った。

「そのくらいは、お安い御用ですよ」

そう言いながら、ちろりに入った酒と料理を並べてゆく。

芹と人参の辛子和え、槍烏賊のわた焼き、それから刺身のようにも漬物のようにも見える、薄切りのなにか。茶色のと、薄紅色のものがある。

「蒟蒻の味噌漬けと、梅酢漬けです」

言われてみれば、たしかに蒟蒻だった。よく漬かり、色が染みているのだ。

熊吉は気を利かせて、只次郎と若旦那の杯に酒を注ぐ。奉公人にすぎぬ自分は遠慮しようと思っていたのだが。

「お前も飲みなさい」と、若旦那に勧められた。

「いいえ、私は」

「遠慮することはない。今日の仕事はもう終わりだ」

俵屋も、そろそろ店仕舞いという頃合いだった。素面で戻ったとしても、すでにやるべき仕事はない。ならばと素直に飲むことにした。

「頂戴します」

酒は諸白。雑味が少なくまろやかで、するりと喉を通って胃を温める。気づかぬうちに体が冷えていたようで、じわじわと血の巡りがよくなってゆくのが分かった。

「ところで蒟蒻を漬けたものというのは、はじめてですね」

只次郎がさっそく箸を取り、蒟蒻の味噌漬けをひと切れつまみ上げる。使ったのは信州の米味噌らしく、別の味噌ならば色がもっと濃くなりもするだろう。

「あ、旨い。味はしっかりついているのに、蒟蒻だからあっさりしていますよ」

「どれ、では私は梅酢を」

若旦那もまた箸を伸ばす。赤梅酢に漬けられた蒟蒻は、宝玉のように艶やかである。

「うん、これはほんのりと酸味があって、酒が進みますね。なんともいい歯応えです」

飯が旨ければ台所に行って、下男下女にまで礼を言うほどのお人である。若旦那は土間に立つお妙を見上げて料理を褒めた。お妙も「お口に合ってよかったです」と微笑んでいる。

最後に熊吉も、味噌漬けをひと切れ口に含んだ。

まずはじめに辛口の信州味噌らしい風味が舌の上に広がり、噛むごとに蒟蒻の弾力と相俟って馴染んでゆく。たしかにあっさりしているが、酒を含むと酒気と共に味噌の香りがふんわりと鼻に抜けた。

「旨ぇ」と、しみじみ呟く。

酒を勧めてくれた若旦那に、熊吉は心の底から感謝した。

四

「おいでなさいませ！」

給仕を手伝うお花が、精一杯声を張り上げている。

夕刻とあって、しだいに客が増えてきた。店がこの場所に移ってからはふらりと立ち寄る一見の客も多く、人見知りなお花の態度からすると、今入ってきた男もそうなのだろう。

「悪いけど、ちょっと詰めてくれるかい？」

お勝に請われ、料理を載せた折敷共々隅へと寄った。空いたところに、一人の客が案内されてくる。

頭の鉢がやけに張った、蟷螂のような顔の男だ。会釈を寄越してきたので、こちらも軽く頭を下げる。これで狭い店内はいっぱいになってしまった。

「いい店ですねぇ」

騒がしさの中、若旦那は悠々と杯を口元へと運ぶ。

居酒屋は本当にはじめてだったらしいのだが、人柄ゆえか浮くことなく周りに馴染んでいる。当人も居心地がいいようで、ゆったりと構えていた。

「ありがとうございます」

お妙が調理場に戻ってしまったため、只次郎が代わりに礼を言う。すっかり気をよくしたらしく、空いた皿を下げていたお花を「ちょっといらっしゃい」と呼び寄せた。

「娘です。こちらは俵屋の若旦那だよ」

そんなふうに引き合わされても、お花はなんと返していいか分からずにもじもじしている。どうやら先日お馬が来たらしいが、前掛けをきゅっと握る仕草などまだまだ子供だ。

「いつも父が世話になっております」と若旦那に微笑みかけられて、お花は辛うじて「はぁ」と首肯した。

「熊吉たちは、昨日お梅さんに会ったらしいよ」

「ああ、お梅ちゃん」

友達の名前を聞いて、お花の頬に笑みが戻る。しばらく会っていないらしく、熊吉に「元気だった？」と聞いてきた。

「ああ、元気すぎるくらいに元気だった」

「そう、よかった」

「仲がいいんですか？」と、尋ねたのは若旦那だ。お梅と聞いて、つい口を挟んでしまったようである。

「お梅ちゃんには、よく話を聞いてもらってる」

「分かる気がします。面倒見がよさそうですね」

「うん、とっても優しいの」

お花の訥々とした話しぶりには、嘘がない。それを若旦那は目を細めて聞いている。

近いうちにまた、お梅さんと会う機会を作らないとな。

できることなら、うまくいってほしい。そのためには、焦らずに二人の仲を取り持たなければ。

それなのに、只次郎が勇んで身を乗り出した。

「ところでお花ちゃん。お梅さんもそろそろ年頃だけど、縁談があったりするのかい？」

「おい！」と、危うく声を上げそうになった。滅多なことは言ってくれるなよと、願いを込めてお花を見遣る。

三人の男たちの視線を集め、お花は困ったように首を傾げた。

「さぁ、知らない」

「思い人がいたりなんかは？」

「聞いてない」

熊吉はほっと胸を撫で下ろす。男女の道に疎い小娘に尋ねたって、分かるはずないのだ。なぜこんなことを聞かれるのかと訝って、お花の眉間に皺が寄る。

「知っていても、只次郎さんには教えない」

友達の秘密をぺらぺらと喋るようじゃ、底が知れている。養い子に突き放されて、只次郎はしょんぼりと肩を落とした。

「そりゃあそうだ。お前もなかなか、言うようになったな」

胸のすく思いで熊吉は、空になったちろりを掲げて追加を頼んだ。

運ばれてきた鰤のアラ煮をつつきながら、酒を飲む。

鰤は大根ではなく蒟蒻と共にこってりと煮られており、七味唐辛子をかけて食べると抜群に旨い。つい酒が進んでしまい、若旦那の頬にもほんのりと酒気がにじんでいる。

「さて引札は摺り進めていますし、あとは黄表紙ですか」

「はい。黄表紙だけでなく春本に、宣伝を載せる算段はつけてあります」

「そうですね、あの薬なら春本と相性がいいでしょう」

今日の仕事は終わりといっても、この三人で膝をつき合わせるとどうしても、話は龍気補養丹の売りかたに戻ってしまう。

新年から華々しく売りだそうというのが若旦那の心積もりで、そのための仕込みはいくらあってもいいくらいだ。寝ても覚めても、他にいい案はないかと考えている。なにせ人の目を集める引札も、黄表紙などに載せる宣伝も、只次郎が三文字屋の白粉を売りだしたときの手法を踏襲しているにすぎないのだ。効果はあるにしても、しょせんは借り物の発想である。報告を受ける旦那様も「いいんじゃないでしょうか」と返してはくれるが、口ほども満足していないのは明らかだった。

「あとはそうだな。何人か人を雇って、薬の効き目を吹聴して回ってもらうというのはどうでしょう」

「いいや。口伝えの評判というのは侮れないけど、人を雇って広めたとなると俵屋の信用にかかわるよ。よしたほうがいい」

これはと思う案をいくつか出してみても、すぐさま只次郎に欠点を指摘される。自分には商いの才などないのではと落ち込むほどだ。若旦那もこれという案が思い浮かばず、じっと腕を組んでいる。

そうこうするうちに、お妙が土鍋で炊いた飯と汁を運んできた。頭を悩ませつつも、いつの間にか鰤と蒟蒻を食べつくしていた。

「いい案が浮かばないときには、考えるのをいったんやめるのも手ですよ」

只次郎がそう言って、手ずから飯をよそってくれる。たんに炊きたての飯が冷める前に食べたいだけなのだろうが、一理はある。

湯気の上がる飯に、汁は蕪と油揚げの味噌仕立て。ひと口啜ってみるとこちらにも、薄く切った蒟蒻が入っていた。

「なんか今日は、蒟蒻が多いな」

温かい汁に気が緩み、我知らず独り言が洩れる。存外声が大きかったらしく、調理場に戻りかけていたお妙が振り返った。

「ああ、そうね。旬だからつい」

蒟蒻の旬とは、聞き慣れない言葉だ。なんといっても一年中出回っているし、食べられる。

「旬なんてあるの？」

驚いて尋ねると、客が帰った後の床几を片づけていたお勝が顔を上げた。

「ああ、そうか。今の子は知らないのかい。蒟蒻ってのは、昔はそうそう食べられるもんじゃなかったんだよ」

昔といっても、ほんの二十数年前の話だという。

ご存知のとおり蒟蒻は、蒟蒻芋から作られる。芋を擂り下ろし、灰汁を加えて練って固めたものである。

だが蒟蒻芋は寒さに弱く、日持ちがきかない。かつてはこの時期だけの食べ物で、庶民の口にはとても入らなかったそうだ。

「でも賢い人ってのはいるもんでね。とある百姓が、芋を乾かして粉にする方法を思いついたんだよ。そうしておけば日持ちがするし、遠くまで運ぶこともできる。そのお蔭でアタシたちは時と場所を選ばずに、蒟蒻を食べられるようになったってわけさ」

お勝の講釈に、ちろりの酒を運んでいたお花が「へぇ、知らなかった」と呟く。

もちろん熊吉も知らなかった。「そういや子供のころはあまり食べませんでしたね」と、若旦那も昔を思い出している。

その様子に、お妙がうふふと笑みを浮かべた。

「だから今日の蒟蒻は、生芋から作られたものだったの。美味しかったでしょう」

そうと知っていれば、もっと味わって食べたものを。言われてみればいつもよりもっちりとして、旨かったように思える。

「あたりまえに出回ってるものでも、人の工夫があればこそなんだな」

味噌汁に入っている蒟蒻を箸でつまみ上げ、じっくりと味わってみる。先人の努力があればこそ、産地から遠く離れた場所でも蒟蒻は食べられている。蒟蒻芋は、常陸国で多く作られているそうだ。

「遠く、離れた場所——」

汁を啜り、小声で呟く。なにかとても大事なことを、見落としていたような気がする。

熊吉はハッと息を飲み、顔を上げた。

「ちょっと待った。お妙さんは堺の出じゃねぇか」

突然なにを言いだしたのかと、お花がぎょっとして振り返る。お妙も戸惑いがちに、頬に手を当てた。

「ええ、そうだけど」

「なら龍気養生丹は、江戸より上方で多く出回ってたんじゃねぇのか？」

お妙の父が作っていたという、龍気養生丹。江戸でも評判の薬だったというが、善助一人が行商で運べる数には限りがある。江戸よりも本拠地の堺とその周辺のほうが、得意客は多かったに違いない。

「たしかに、よく売れていたわね」

ならば龍気補養丹も、上方のほうが売りやすい。前に売られていた薬を覚えている人数が、江戸よりずっと多いに違いないのだ。

「もしかして、上方でも売るつもりかい？」

穏やかな気質の若旦那が、珍しく目を見開いている。熊吉は「ええ」と頷いた。

「旦那様は、あらゆることを考えろと仰いましたから」

「そりゃあゆくゆくは上方にも出てゆきたいが、すぐには無理だよ。行商ができる者を育てないといけない」

江戸市中でさえ、人手が足りなくて床店も出せない。ましてや上方にまで赴くとなれば、少なく見積もってもひと月は店を留守にすることになる。そうなると若旦那の言うように、行商を専らとする奉公人が必要となる。

「行商は手前で用意せずとも、たとえば越中の売薬人に託すとか」

「いいや、あれの後ろ盾は富山藩だ。わざわざよその薬など運ばない」

越中の薬売りといえば全国に広く散らばっており、大坂方面にも伊勢、大和を越えて売りにゆく。その上がりは富山藩の大切な財源になっているのだという。

「そうですか。でもまだきっと、なにか方法が」

こめかみを揉み、考えを巡らせる。「ゆくゆく」では遅い。江戸と同時に上方でも売り出せる方策を思いつかねば、旦那様を唸らせることはできない。おそらくここが、若旦那と熊吉の正念場なのだ。

着想の元になるなにかを探し、熊吉は視線を巡らせる。そしてふと、只次郎がある一点を眺めていることに気がついた。

なにを見ているのかと思えば、調理場の入り口にある造り棚だ。そこには名札をかけた常連客の置き徳利が並んでいる。

「そういやそろそろ、新酒番船の季節ですねぇ」

只次郎の呟きには、なんの脈絡もなかった。

新酒番船はその年にできた最初の酒を江戸に送る際の競争である。西宮や大坂の港から一斉に船が出て、一番乗りを競うのだ。一番乗りの酒は最も高値で取引されるとあって、造り酒屋に廻船問屋、下り酒問屋までを巻き込んだにぎやかな祭りとなっていた。

それがどうしたと思いつつ、熊吉も目を細めて置き徳利を眺めてみる。三河屋に三文字屋に菱屋と、馴染みの旦那たちの名が並んでいる。升川屋の名札に目を留めたとたん、喉の奥から「あっ」と声が洩れた。

「そうか、樽廻船だ！」

腐りやすい酒を江戸に送るため仕立てられたのが、菱垣廻船よりひと回り小さい樽廻船。酒だけを運ぶため他の荷が集まるのを待たずともよく、より早く届けられる。酒を運ぶための船といっても、まさか帰りは空のはずもなく。薬のような目方の軽いものならば、簡単に積み込めるに違いない。

「なるほど、それなら上方まで運べるね」

若旦那もまた、置き徳利に目を向けている。常連客の顔ぶれの豪華さに、あらためて感じ入っているようである。

下り酒問屋の升川屋に頼めば、廻船問屋に口を利いてくれるはず。これならば龍気補養丹を上方に運ぶまでは容易である。

「でも運んだ後をどうするかだよ。売弘所を立てるにしても、あてがない」

ないのなら、作るしかない。上方まで行ってめぼしい家に、一軒ずつ頼み込む。江戸から来た縁もゆかりもない薬屋が、信用されるかどうかは分からないが——。

「ああ、それでしたら」

なにを思いついたのか、お妙がぽんと手を打ち鳴らす。調理場をお花に任せ、自分は小上がりに戻ってきた。

「お志乃さんのご実家にお願いしてはいかがです?」

それは誰だという顔をした若旦那の耳元に、「升川屋のご新造です」と囁いてやる。お志乃の実家は、たしか灘の造り酒屋だ。

「そうか、お妙さんは面識があるんでしたね。どういう方です?」と、尋ねたのは只次郎である。

「とても気さくで、気持ちのいい方ですよ」

そういえばお妙は升川屋の長子、千寿の初節句の料理を任されていた。その際に、江戸に滞在していたお志乃のふた親とも言葉を交わしたのだという。

「上方では造り酒屋が京、大坂のあちこちに販売用の出店を持っているんです。そこに置いてもらえれば、広く行き渡りますよ」

「さすがお妙さん！」

熊吉は思わず膝を打った。上方での流通の常識を知らなければ、とても思いつかぬ手であった。

「これならやれますよ、若旦那！」

なにせ、人手も時もかからない。今の状況では、これ以上の策はなかろうと思われた。

若旦那は、ぽかんとしてお妙の顔を眺めている。その横顔には「この女将（おかみ）はいったい何者だ」と、はっきりと書かれていた。

五

俵屋の奥の間で、旦那様は今日も薬研（やげん）を使っている。

龍気補養丹の売りかたは任せると言って、当人は日がな一日薬を作り続けているのだ。中身の入った薬袋がどんどん積み上がってゆく様に、「もちろんこのくらいは軽く売りさばけますよね」という無言の圧力が感じられる。

その正面には若旦那。熊吉は入り口の障子近くに控えている。ごりごりと生薬を擂り潰す音が、やけに大きく響いていた。

「そうですか、升川屋さんに」

手を休めることもなく、旦那様が静かに呟いた。

明くる今日である。お妙に授けられた案を実現するべく、さっそく升川屋を訪ねてきた。

お志乃にも話を通しておきたかったのだが、第二子が生まれたばかりで疲れきっているという。升川屋は若旦那の口から事情を聞くと、「そういうことなら舅殿は断らねぇよ」と自信満々に頷いた。

お志乃が臍を曲げるような粗忽なところばかり見せられてきたが、さすがに仕事はできる男だ。その足で品川の廻船問屋に連れて行ってくれ、積み荷の話までつけてしまった。

恐ろしいくらいに、事がとんとん拍子に進んでいる。それもこれも、『ぜんや』が繋いでくれた縁である。

「それで、なんです。お前さんが灘へ行くと？」

旦那様がようやく薬研から顔を上げた。その眼差しは、ぴたりと若旦那に注がれている。

若旦那は畳に手をつき、心持ち頭を下げた。

「はい。これだけのお願いをするのですから、やはり私が行って直に話をするべきかと」

若旦那の懐には、升川屋が気前よく書いてくれた取り次ぎ状が差し込まれている。はじめての取引になるのだから、互いの人となりを見極めておく必要があった。

「俺のお墨つきがありゃまず大丈夫だが、お妙さんの名を出せばさらに手厚くもてなしてくれると思うぜ。なにせひとかたならぬ恩義があるからな」

書状のために筆を走らせながら、升川屋はそう請け合った。若旦那は今度こそ口に出して、「あの女将はいったい何者なんですか」と呟いたものである。

「しばらく留守にしますから、そのぶん店には迷惑をかけることになりますが」

「なに、構いません。なんなら熊吉も連れて行きなさい」

「えっ!」

話の矛先がこちらに向いて、熊吉はぴんと背筋を伸ばした。

「しかし、私まで抜けたらさすがに店が――」

「おやお前は、その程度で俵屋が回らなくなると思っているのかい」

それは思い上がりだと、旦那様は不敵に笑う。そう言われてしまうと、こちらは口をつぐむしかない。

「そりゃあ、あんまり長く抜けられちゃ困りますけどね。ひと月ほどのことでしょう。ちょうど留吉を遊ばせているんだから、挽回の機会を与えますよ」

留吉は、いまだに下男のような扱いを受けている。それでも元は手代頭だったのだ。一年目の熊吉が任されている仕事など、難なくこなせることだろう。

「だからこちらのことはまったく気にせず、行ってきなさい」

そんな言葉で、旦那様は熊吉の背中を押す。

熊吉は生まれてこのかた、江戸を出たことがない。まだ見ぬ土地に、一抹の不安はある。だがそれ以上に期待があった。そもそも上方の商いの慣いを知っていれば、お妙に頼らずとも自力でこの案を思いつけたはずなのだ。

もっと知りたい。この目で、この耳で、面白いことをたくさん見聞きしたい。この世はきっと、想像もつかぬほどに広いのだから。

「上方で売るというのは、いい案です。お励みなさい」

旦那様の頬が、優しげにほころぶ。龍気補養丹の売りかたを模索しはじめてから、はじめてかけられたお褒めの言葉だ。

熊吉は腹の底に力を込めて、「はい！」と声を張り上げた。

「荒れもよう」「花より団子」「茸汁」「身二つ」は、ランティエ二〇二一年十二月～二〇二二年三月号に掲載された作品に、修正を加えたものです。

「人の縁」は書き下ろしです。

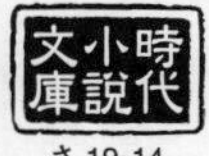

さ 19-14

萩の餅 花暦 居酒屋ぜんや

著者　坂井希久子

2022年4月18日第一刷発行

発行者　角川春樹

発行所　株式会社 角川春樹事務所
〒102-0074 東京都千代田区九段南2-1-30 イタリア文化会館

電話　03(3263)5247［編集］　03(3263)5881［営業］

印刷・製本　中央精版印刷株式会社

フォーマット・デザイン＆シンボルマーク　芦澤泰偉

ISBN978-4-7584-4472-9 C0193　©2022 Sakai Kikuko Printed in Japan
http://www.kadokawaharuki.co.jp/［営業］
fanmail@kadokawaharuki.co.jp［編集］　ご意見・ご感想をお寄せください。

坂井希久子の本

ふんわり穴子天
居酒屋ぜんや

只次郎は大店の主人たちとお妙が作った花見弁当を囲み、至福のときを堪能する。しかし、あちこちからお妙に忍びよる男の影が心配で……。彩り豊かな料理が数々登場する傑作人情小説第二巻。（解説・新井見枝香）

ころころ手鞠（てまり）ずし
居酒屋ぜんや

「ぜんや」の馴染み客・升川屋喜兵衛の嫁・お志乃が子を宿して、もう七月。お妙は、喜兵衛から近ごろ嫁姑の関係がぎくしゃくしていると聞き、お志乃を励ましにいくことになった。人の心の機微を濃やかに描く第三巻。

時代小説文庫
ハルキ文庫

坂井希久子の本

さくさくかるめいら
居酒屋ぜんや

林家で只次郎の姪・お栄の桃の節句を祝うこととなり、その祖父・柳井も声をかけられた。土産に張り切る柳井はお妙に相談を持ちかける。一方、お妙の笑顔と料理にぞっこんの只次郎に恋敵が現れる。ゆったり嗜む第四巻。

つるつる鮎(あゆ)そうめん
居酒屋ぜんや

山王祭に賑わう江戸。出門を禁じられている武家人の只次郎は、甥・乙松が高熱を出し、町人に扮して急ぎ医者を呼びに走ることに。帰り道「ぜんや」に寄ると、お妙に〝食欲がないときにいいもの〟を手渡される。体に良い食の知恵が詰まった第五巻。

ハルキ文庫